炎へのはしご

炎へのはしご

アナイス・ニン
三宅あつ子訳

水声社

私の本来の構想は、四人の女性の人間関係を様々に描いた一連の小説をロマン・フルーヴ（一作の大河小説）に作る事で、交響曲のように彼女たちの次々と続く経験を書く事だった。すべての登場人物はこの最初の巻である『炎へのはしご』で十分に表現されている。後に続く四巻の小説『信天翁の子供たち』、『四心室の心臓』、『愛の家のスパイ』、『ミノタウロスの誘惑』の中で、彼女たちにはさらなる展開がある。

完結した五巻の小説は、『内面の都市』というタイトルでもアメリカで出版されている。

しかしながら、それぞれの小説が世に出た時、独立した一つの作品のように受け取られて批評された。当然、全体の相互関係や小説同士の相互依存性が失われて、曖昧になってしまった。それぞれ、相互に参照できたり言及している箇所は、相乗効果を失い、登場人物の何人かは降ってわいたように現れたかに見えてしまった。

この五冊の小説における私の意図を示すためにオリバー・エヴァンズの書評を紹介する。文芸誌、『プレイリー・シューナー』(*Prairie Schooner*) の一九六二年秋の号から引用する。

彼女のテクニックは、その目的として、物語を語るというよりは直接的に経験を明らかにすることだ。リズミカルな言葉の使用も同じ目的を持っており、聞き手に小説に対する感受性を誘発する触媒作用のようなものになっている。……彼女はまさに小説に新しい次元を導入する事に成功した。……私の知る限り、誰もこのように容赦なくしかもこのような芸術的効果をもって登場人物の究極の本源を探求した者はいない。情緒的な関係のニュアンス、意識的か無意識的かに関わらず、人間がお互いに与えている無数の微妙な影響、そしてそのすべてが常に変化している事だけに内容を絞ったにもかかわらず、それらを効果的に扱った作家はいないのである。

アナイス・ニン

目次

Ⅰ　この飢餓感

リリアンは、いつも興奮状態だった。彼女の目の光は空気を引き裂き、蛍光の青い線を残していた。大きな歯は、貪欲そうだった。人は彼女が、肌を白く、髪を赤くする秘薬を発見した情熱的な黒人ではないかと思った。

部屋に入った途端、靴を蹴ってぬいだ。息がつまるネックレスやボタンをはずし、首を絞めていたスカーフをゆるめた。ハンドバッグは、いつもはちきれそうにいっぱいで、よく中身がこぼれ落ちた。

彼女は、常に目いっぱい動いていた。人間たちと手紙と電話のうずの中心にいた。常にドラマ、問題、葛藤の頂点でつりあいを保っていた。一つのクライマックスからもう一つへ空中ブランコのように飛び移っているようだった。不安になる一つの発作からもう一つへ。その間の平和な場所、砂漠や一時停止を常にとばしながら。人は彼女が眠るというのに驚いた。眠りは活動を止めることになるから。彼女は眠りながらひきつったり、寝返りをうったり、さらにはベッドから落ちたりしていると思っていた。あるいは、寝言を言っている時に起こされるような感覚で半分起きた状態で寝ていると思われていた。そして、きっと上掛けや枕を跳ね飛ばしながら、夜、戦いが行われているのだろうと想像されていた。

彼女が料理をする時は力をこめるので、キッチン全体が電気を帯びた。皿も鍋もナイフもすべて彼女の力の衝撃を受けて、何もかもが暴力的に整理され、挑発され、強制的に花開き、料理され、ゆでられた。野菜の皮むきは、まるで肉体が拒否しているのに皮膚が裂かれているような、あるいはハンターが動物の毛皮を剥ぐような感じだった。果物は突き刺されて暗殺され、レタスは、鉈で殺された。ドレッシングは熱い溶岩のようにサラダに注がれ、野菜はすぐに萎れてしなびるだろうと思われた。パンは、ギロチンから落ちてくる頭を想起させるような激しさでスライスされた。びんやグラスは、ボウリングでピン同士が強く衝突するようにお互い勢いよくぶつかり合った。だから、ワインやビールや水はテーブルに届く前に征服された。

　この料理法で調理されるものは、お祭りで剣を飲みこむ大道芸人や、ヒンズー教のマジックの一種で火を飲む人やガラスを食べる人を思い出させた。彼女自身を構成している化学物質と同じものを料理にも使った。ただ、最も暴力的な反応や矛盾する言動、からかいや質問に答える事への拒否を引き起こすものだけを。しかし、それを入れるのに愛はあった。また、人間関係に使われる黒胡椒、パプリカ、醤油、ケチャップ、赤ピーマンなどの強いスパイスも使った。これが実験室だったら彼女は爆発を起こしていただろう。人生では爆発を起こしていて、後でその被害に驚くのだった。そして、その損害のために償おうとする。うまく伝えられなかったことばや、致命的な正直さ、向こう見ずな行い、混乱をおこした場所、爆発した壊滅的な攻撃の後に。彼女が現れた至る所で起こした嵐の後、感情の破壊があった。関係は断たれ、信頼は薄れ、運命を決する暴露が行われた。調和、幻想、均衡は、消滅した。次の日、彼女は友情が地震の後の絵画のようにみな傾いているのを見て自分で驚くのだった。

　疑いの嵐、素早く混濁してしまった神経過敏性、突然の爆笑、電気振動で帯電した濡れた毛皮のような声、共鳴する性質の彼女の動き、これらのものが空気中にたくさんのこだまや振動を残した。彼女が去った後もカーテンは揺れ続けていた。家具は温かいまま、空気はぐるぐると回り、鏡はひびが入った。常に満足できる自分のイメージをそこに映そうとする切迫した思いのせいで。

彼女の赤毛は彼女自身と同じく手に負えなかった。くしが通らないほど。どんなドレスもまつわりついて型通りにしておけなかった。鳥の逆立てた羽根のように服全体が毛羽立っていた。オレンジ、赤、黄色、緑が大騒ぎしけんかしていた。ローズ色がオレンジを飲み込み、緑と青が紫を圧倒していた。ブレザーは、絹のドレスと一緒にされるのにいらついていたし、テーラードスーツは刺繍と戦っていた。普段履きの靴はターコイスのブレスレットと敵対していた。もし、彼女が時に威厳のある帽子を選んだら、それが波立つ海のヨットのように不安定に走っていった。

彼女がふさわしい相手に夢見ていたのは、ケンタウロスやバイキング、開拓者、アッティラ大王、あるいはジンギス・ハンだろうか？　征服者や判事や皇帝と豪華に結ばれたいと思っていたのか？

その反対だった。混乱の中心で彼女は幻の恋人の夢を誕生させていた。貧血で青白く消極的でロマンチック、灰色の臆病さを身にまとった人間を。彼女の火山のような力から最もはかなくデリケートで手の届かないイメージを生み出した。

彼を最初に夢の中で見た。そして二回目は、エーテルの影響で見た。彼の青白い顔が現れ、微笑み、消えた。彼は彼女の夢と無意識の中に付きまとった。

三回目は路上で人間となって現れた。友達が二人を紹介した。彼女は恋人だけが知っている親近感を感じてショックを受けた。

彼は夢の中と全く同じように微笑んで、消極的で静かに立っていた。彼の挨拶はどちらかというとさよならのようで、どこかへ行こうとしている雰囲気だった。

彼女はその火の消えている火山に恋をした。

彼女の力と火は呼び起された。力が彼の静けさの回りにまとわりつき、彼の沈黙を取り囲み、静寂を覆った。

彼女は彼を招待し、彼はそれを受けた。彼女は自分の回転のエネルギーで彼の回りにうずを起こした。固定された平和な土星の軌道をかき回した。

「うちに来たいと思ってる……でしょ？」

「何をしたいと思ってるのか、自分でもわからないんだ。」彼女の「……来たいと思ってる」という所の強調のせいで彼に笑みが浮かんだ。「あまり外に出ないんだ。」

最初から彼が何もほしがらないという空虚さの中に彼女は自分の欲望をぶつけなければならなかった。しかし、答えは返ってこず、あるのは、単なる従順さで、それは自分の希望を彼のものと置き換えているのではという永遠の疑惑の中に彼女は取り残されることになった。最初から彼女は、質問も答えも両方しながら恋人役を一人で演じなければならなかった。

男が女に意思を押し付ける時は、女の方が彼を楽しませるやり方をわかっている。彼の力の方が強くて彼の喜びは自分の喜びだと思っているように振る舞う。しかしながら、女がこれと同じ事をすると、男は喜びの感情を全く与えず、それどころか先にしゃべって役割を反対にしているという罪悪感だけを与える。彼女はしょっちゅう尋ねないといけない。「あなたは、これ、やりたい?」そして、彼はどうなのかわからない。彼女はその空虚な部分を埋めようとする。それを埋めるため、前に進むため、行動し感じるため。そして彼は、遠回しに言う。「僕を動かしすぎだね。」

彼女に会いに来る時は彼は謎めいている。でも、彼はそこにいる。

関係に障害を感じた時、彼女は愛の力も感じていた。障害をはねのける勢い、抵抗への衝撃を感じていた。この衝撃は彼女にとって情熱の現実だった。

彼はそこに何分かいるのだが、すでに逃げる用意をしていた。部屋の間取りをチェックしていた。まるで火事の際の非常口を確認するように。そこに電話がかかってきた。

「セルジュが私にコンサートに行かないかって聞いてきた。」リリアンは、ちゃんと女性らしいことばを付け加えた。「あなたが言う通りにするから。私はどっちでもいいからね。」今回はジェラルドは、表立ってはっきりとリリアンが好きというわけでもないのに、セルジュには明らかに敵意を表した。セルジュというのが誰であれ。それで、リリアンはこの事を好意的に解釈した。まるでジェラルドが彼の情熱を表明したと受け取ったように彼女はその誘いを断った。ことさらドラマチックなことが起こったように彼女は受話器を置き、嫉妬心を露わにしたジェラルドの隣に座った。

隣に座った瞬間、彼はもとの蜃気楼のような性質に戻った。青白く別世界に行っているような曖昧な彼。彼は女性の防御方法や鎧をあてがわれていて、彼女の役割は反対だった。リリアンは、障害や夢に誘惑される恋人だし、ジェラルドは、誘惑によって生じる炎に対して女性的受け身な楽しみ方で彼女の炎を見ていた。

彼らがキスをする時、彼女は恍惚状態で、彼は恐怖を感じていた。

ジェラルドは興味を引かれていたが恐れていた。所有されてしまうという危険があったからだ。なぜ、これが危険なのか？　彼はすでに母親のもので、二人に所有されるというのは、自己の消滅を意味していた。

リリアンは理解できなかった。それらは二つの愛の形であって、お互い干渉することができないはずだ。

しかし、彼女はジェラルドが麻痺状態なのを見た。二つの愛がぶつかり合うというのは死を意味するのだ。

彼は、退いていった。次の日、彼は病気になった。恐怖心から。言い訳を探して言った。

「母の面倒を見なくちゃいけないんだ。」

リリアンは言った。「じゃあ、私が手伝う。」

これが彼から平和を奪った。夜は悪夢を見た。二人の女の性格は似ていた。リリアンを手にしているのは、母を手に入れているのと似ていてそれはタブーだった。しかも、悪夢の中では、二人が戦っていて、彼はそこで得るものは何も無く主人が交代するというだけの事だった。母親とリリアンの両方（夢の中では彼女たちはごっちゃになっていて見分けがつかなかった）が自分の考えを実現して生きていくとか、自分の手をいっぱいに使うとか、自分自身の楽器を演奏するとかというのでは無く、彼女たちのすべての力、望み、欲望、意思を彼に押し付けるのだった。彼は思った。悪夢の中で彼女たちは彼を彫刻のように作り上げ、彼のためにしゃべり、彼のために行動し、彼のために戦っている。彼女たちは決して彼をほっておかないのだと。彼は単に所有物だった。自由が無かった。

リリアンは、母親と同じように彼にとっては強すぎた。二人の女たちの間の戦いも彼には強すぎた。二人から離れることも、自分を解放することも自分で選択することもできなかった。彼は不利な立場だった。母親と絶叫、大騒ぎ、ドラマの一シーンを恐れた。そして、同じ理由からリリアンを恐れた。彼女たちは同じ成分で成り立っていたから。火と水と攻撃性。だから、彼の人生の青白い小さな炎を危険にさらすような新しい侵略を恐れたのだ。彼の存在の中心ではダブルパンチに反応する力は無かった。唯一の選択肢は退却だった。

六歳の時彼は、母に子供がどうして生まれるのかという秘密を聞いた。彼の母親は答えた。

「私があなたを作ったのよ。」

「僕を作ったの？」ジェラルドは、ひどく不思議な気持ちになって繰り返した。そして、鏡の前に立って驚きながら言った。「この髪もママが作ったの？　この皮膚も？」

「そうよ。」と母親は言った。「私が作ったの。」

「すごく難しかっただろうね。しかも、この鼻や歯も！　それから、僕を歩けるようにしてくれたんだよね。」彼は完全に母親を称賛する気持ちになっていた。彼女を信じていた。しかし、鏡をじっと見た後彼は言った。「信じられないことが一つあるな。ママが僕の目を作ったっていうのは信じられない。」

　彼の目。今でもなお、母親がいまだに彼を作り続け、命令し、髪の毛を切り、洋服を着せ彫刻している今でさえ、存在の回りの包囲網の中で自由にしているのは彼の目だった。彼は行動はできなかったが、見る事ができた。

　しかし、彼の退却は、リリアンにとっては、説明不足で否定的、不可解なものだった。傷つき途方に暮れた時、今度は彼女が退却し、そして、彼が彼女を新たに追い求めることになった。というのは、彼は彼女の力を愛していたが、自分自身にその力をつけてもいいのではと思ったからだ。彼女の力が彼を脅かす事が無くなり、危険が取り除かれた時、この力に惹かれることを抑えられなくなった。そして、彼はそれを追い求めた。招き入れ誘ってそれを呼び戻した。決して譲らなかった（セルジュにも他の誰にも）。そして彼の後退によって苦しんだリリアンは、彼の不思議なカムバックと求めにもっと苦しんだ。彼女がこの求めに応じようとするとすぐに彼はやめるのだった。

彼は自分の興味と恐怖をもてあそんでいた。

彼女が彼に背を向けた時、彼は魅力を新たにし、彼女を魅了してもう一度手に入れた。女性の力に対して女性的な策略が使われた。逃げたり戻ってきたりするどっちつかずの女性的な態度。真っすぐで男性的な心を持つリリアンは、策略を全くわかっていなかった。

関係を妨げるものはリリアンの力を喚起するが（昔の騎士がそうだったように）、ジェラルドには気分をそがれ欲望を殺してしまうものだ。そういう障壁は彼の弱さへの言い訳となった。ジェラルドには、越えられないものだった。リリアンが一つ乗り越えるとジェラルドは、また一つ作ってしまう。真実からの寄り道やこじつけによって、彼女と彼自身から自分の弱さの秘密を守っていた。その秘密は維持された。妄想の蜘蛛の巣が彼らの愛の回りに作られていった。

この命取りになる秘密を守るために、リリアン、あなたは強すぎるのだ。ジェラルド、あなたは強くない（それが彼らを破壊してしまう）と、ジェラルドは女性のように嘘のもっともらしい理屈を作り上げた。リリアンは、この嘘の言い訳には騙されてはいなかった。もっと深い真実がそこにはあるとわかっていたが、彼女はそれが何なのかわからなかった。

嘘の言い訳と戦うのに疲れた彼女は自分自身に目を向け、自分の弱さと自分への疑惑が彼女を急に裏切った。ジェラルドは、眠っていた悪魔的疑惑を目覚めさせた。彼の弱さを防御するために彼はリリアンを知らず知らずに攻撃していたのだ。そこで彼女は考え始めた。「私が彼の愛を呼び起こしたんじゃない。そこまできれいじゃなかったんだ。」そして彼女は自分を責める項目の書かれた長いリストを作り始めた。そして傷ついた。彼女は攻撃者だった分さらに深刻に傷を負った。自分を疑うことは、それ自体疑いがあるという主張だった。リリアンに植え付けられた疑いの種は、時間と共に大混乱を招いていた。本当のジェラルドは、退いてフェイドアウトし消えた。そして夢のイメージに戻って行った。他のジェラルドのような男たちがまた現れるだろう。しかしそれまでは……

＊

ジェラルドが消えた後、リリアンはまた男に対して自己防衛的な態度を取るようになり、再び戦士になった。どんなに小さい問題についての議論でも勝利する事が彼女にとっては絶対必要だった。自分自身の価値についてあまりにも自信を無くしていたので、自分の主張を通して皆に勝つ事が極めて重要だったのだ。だから彼女は、細かい事でも譲るという事は耐えられなかったし、説得されたり、負けたり、納得させられたり、意見を変えさせられるという事はなかった。

彼女は今や情熱に身を任せるのを怖がっていた。もっと大きな衝動でも屈服する事がなかったので、たとえ対戦相手が正しくても小さな事でも譲らないという事が必要になってしまった。彼女は戦闘機に乗った状態で暮らしているようなものだった。人生の流れへの大きな抵抗が他の人の意志への小さな抵抗となっていき、最も小さい問題が究極の問題と同じ比重になった。

情熱のあるレベルにおいて譲歩する事の喜びを彼女は知らなかったので、他のレベルでの譲歩する楽しみは同じようにありえなかった。彼女は自分が、侵略されたり征服されたりという女性的な喜びのおおもとになるのを拒否していた。戦争では制服したりされたりする事から逃れられない。敵の接近は脅威以外の何物とも解釈されない。戦争の本当の問題は情熱の侵略に対して彼女自身を守ることだ。彼女の敵は彼女を所有するかもしれない恋人なのだから。彼女の全ての力は小さな戦いに使われていた。レストランや映画、訪問者などの選択で勝つための戦いや意見や他人についての分析をめぐる戦いや夜通しやっているつまらない言い合いに勝つために。

この絶え間ない勝つ事への衝動があるにもかかわらず、彼女は勝利から慰めも喜びも感じなかった。彼女が勝ち取るものは自分が本当に欲しいものではなかった。深い奥底で彼女の本性が欲しがっていたものは譲歩する事だったのだ。彼女は勝てば勝つほどもっと不幸に空虚に感じるのだった。（そして、彼女は頻繁に勝っていた。男は皆このゲリラ戦に名誉をかけて耐え抜くということがなかったから、彼らは絵を右の方にかけるか、左にかけるかなどという事に重大さを見い出せなかった。）彼女は大きな災難に脅かされるという事がなかった。愛する人の戦死で他の人のように悲劇的に打ちのめされたりしなかった。

目に見える敵はいなかった。本物の悲劇も病院も墓地も犯罪も恐怖も縁が無かった。何も無かった。彼女は道路を渡っていた。車が彼女をひくという事はなかった。聖ヴィンセント病院に運ばれる救急車の中にいるのは彼女ではなかった。母親が亡くなったのは彼女ではなかった。兄弟が戦争で死んだのは彼女ではなかった。

全ての災厄の犠牲者名簿に彼女の名前は出てこなかった。襲われたり、暴行されたりする事もなかった。白人奴隷にするためにさらわれもしなかった。

しかし、道路を渡って風がほこりを舞い上げると、そのほこりが顔に当たる前にこれらの恐ろしい事がすべて自分に起こったかのように感じてしまう。何だかわからない苦痛、縮み上がった心、苦痛からの窒息状況。叫んでも誰も聞いてくれない拷問の恐怖を感じた。他の悲しみや病気、痛みなら他の人皆に理解できて悲しんでもらえたり分かち合ったりしてもらえる。この謎めいて孤独な状態はそういうものではなかった。それは、言葉をしゃべれない人が叫ぼうとしているかのように、他の人達に対して威力の無い、はっきりしない、心を動かさない状態だった。

誰でも、飢え、病気、貧困、隷属、拷問の類は理解できる。しかし、この彼女が道を渡る瞬間の感覚は、誰にも理解されなかった。空腹でもなく、囚人でもなく、拷問を受けているわけでもなく、逆にあらゆる恩恵を受けている彼女にとって、そのすべての恩恵がもっと微妙な形の拷問だということを。家、完全な家族、食べ物、愛、それらは、彼女に与えられてはいたが、蜃気楼のようだった。与えられて否定されている。

「あなたって幸せね」と言ってくる人たちの目にはそういうものが存在していたが、彼女には見えなかった。なぜなら、その精神的苦痛という謎の毒がすべてを腐らせ、人間関係をゆがめてしまい、食べ物を腐らせ家を幽霊屋敷に変えたからだ。明らかに戦いの無い所に紛争を起こしたり、拷問道具の無い所に責め苦を感じさせたり、向かって来て捕らえようとする敵がいない所に敵を作ったりした。その精神的苦痛は、夢の中で叫んでいる声の無い女だった。

*

ジューナはドアの所に立ってリリアンを待っていた。リリアンの心をたちまち捉えたのは、ジューナの生き生きした様子だった。ジェラルドが彼女のようだったらいいのに！　彼女たちの出会いは同等の力を持つ者同士の楽しい邂逅だった。ジューナは、速いリズムと強烈さに対してすばやく応えてきた。それは、同じスピード、同じ熱情、同じ強さの出会いだった。彼女たちは同時にジャンプし、同じ場所に一緒に着地する二人のスキー選手のようだった。それは、完全に均衡を保っている二種類の化学物質が混ざり合い、又うまいバランスに落ち着ける喜びで泡だっているかのようだった。

リリアンは、ジューナが部屋の中で心穏やかに、消極的にドアのノックを待っているなど、ありえないとわかっていた。最初のノックはおそらく聞こえないだろうとか、ノックを聞いてからドアにおもむろに歩いてくるだろうとは思ってもみなかった。ジューナはドアを開けたままにして、リリアンがエレベーターから降りたらそこに立っていると思った。そして、ジューナはリリアンがすばやく近づいてくるのを見てさとった。リリアンは彼女のピリピリした好奇心やはやる気持ちに応えようとしていた。それで、エレベーターに急いで乗ったり、走ったり、重いカーペットの上をすべるように速歩きしてこの切望と熱狂の波に間に合わせようとした。

変化や天候に敏感で素早く高温になる元素があるようにリリアンとジューナの中に二人を立ち止まらせ完全に二人きりにさせるリズムがあった。彼女たちの出会いに時間通り到着したのは体だけではなかった。高次元の生き方、飛翔、爆発、恍惚、感情、すべての経験に向けて準備万端整っていた。他の人達はスタートの時点で反応するのが遅いので、二人はよく一人だけで気持ちが盛り上がっている気がした。

リリアンはジューナがしゃべる前にもう答えていた。逆立った髪の毛やひらひらさせた手やアクセサリーの動く音で。

「ジェラルドはあなたが出て行ってすべてを失ったのよね。」リリアンがコートを脱ぐ前にジューナは言った。「彼は人生を失くしたのよ。」

リリアンは、ジューナと会う前に持っていた彼女の印象を思い出そうとしていた。「あれ、ジューナ、電話であなたの声を聞いた時、あなたって繊細ではかない感じかと思った。壊れやすそうに見えるけど、なんか弱そうではないよね。なんていうか、あなたを守るためにここに来たつもり。何から守るのかわからないけど。」

ジューナは笑った。彼女は大きな夢々しい目をしていた。暗黒を照らす二つのアクアマリンの光のように。その目の奥があまりに深いので最初みんな海に落ちて行くかのように感じた。感情の海の中に。そして、その目は引き込んで飲み込む海であるのをやめて、洞察力、認識、認知の類まれな強さを持つ灯台の光になった。そうすると人は自分の混沌が照らされ、姿を変えられる感じがした。その二つのブルーの液体の球が輝くところは、すべてのものが意味を持つのだった。

それと同時に、それらは、もろくて感覚が鋭く、繊細なろうそくの光のように震えていて、強い日の光には暗く遮られてしまうとても精巧なカメラのレンズのようだった。そこには写真家の暗室のような内なる部屋があった。太陽光や下品、粗雑なものへの鋭い感覚が画像をすぐにも消滅させるような。

彼女の目は世界に対する大きな視野を持っている印象を与えた。もし繊細なせいでその目がしり込みしたり、縮こまったりしても、それは、自己防衛による盲目のためではなく、内なる部屋へ再び向かうためだった。その部屋では、変身《メタモルフォーゼ》が起こっていて、そこでは痛みは個人的なものでは無くなり世界全体の痛みになり、醜さも個人の経験ではなく、すべての醜さを抱えた世界の醜さになっていた。耐えがたい出来事は拡大して夢全体の中に置くことによって、人生を大きく広く理解する事になった。それのせいで彼女の目は、究極の勝利につながる力を得た。人はそれは彼女が強いからだと誤解したが、本当は勇気によるものだった。というのは、その目は外側は傷ついていて内側を向いていたが、そこにとどまっているのではなく、新しくなった視野と共に帰ってきた。耐えられないあからさまな事実や耐えられない痛みに会うと彼女の目は内なる部屋にある鏡に戻ってきた。理解と反省をしながら変身していく場に帰ってきた。又そこから出て裸の真実に相対するために。

様々な内なる部屋の中には宝の部屋があった。そこにはビザンチン美術のイメージの民族的豊かさがあった。偉い人物の部屋のようで宗教的象徴があった。彼女の誕生を手伝い、彼らの英知で祝福した年寄りの聖職者たち。彼らは死の色の中に現れた。なぜなら、まず彼女が人生を進めるのを危うくしたから。彼らの衣装や帽子は、永遠の光に輝く儀式のためのずっしりと重い刺繍のある生地でできていた。彼らは、彼女に命令しようとした。生と死における常識と過去と未来の知恵をもって。だから現在は除かれた。知恵は死に到達する早道だった。死は生きること、苦しむ事、危険を冒す事、失くすこと、間違いなどによって延期される。男性の聖職者たちは、まず彼女の人生を危険にさらした。というのは、その英知は、過去に経験という人生の試練や間違いや混乱を避けるようにしむけたからだ。それが生きて行くことなのに。そういう事すべてに手が届くのだと知ることによって。触れたり、体でわかったのではない。彼女の祖先の秘密の部屋の中に、とらえにくい脅威が潜んでいた。まるで寺や礼拝堂や教会に潜んでいる、否定し続ける香のにおい、宗教的錬金術によって犠牲の灰に焼かれ、罪と償いに変えられた体の芳香のように。

その部屋に他の人物もいた。子供を抱きいつくしんでいる聖母だ。小さい子供を抱いている永遠にまとわりつく母のイメージ。

そしてその子供自身もいた。平和に笑う動物たち、豊かな木々、お祭りの色にあふれた谷に住む子供。彼女の目の中のその子供は現れた時目を閉じていた。肥沃な谷、小さくて暖かい家、ビザンチンの花、やさしい動物たち、そういう豊かさを夢見ていた。子供は夢を見ていて目覚めるのを恐れていた。空の明るさ、地面の温かさ、豊富な種類の色の夢を見ていた。目を覚ますのを恐れていた。

＊

リリアンの鮮やかな存在がホテルの部屋を満たしていた。彼女は完全に触れる事ができて、見る事ができてそこに存在していた。彼女は一部が過去に一部が未来に分裂していたり、その魂が一部、子供たちと一緒に家にいて一部は他にいるというような女性ではなかった。リリアンはこの場所にいた。彼女のすべて、目と耳、手と温かさと興味と集中力があった。ジューナを包み込み、質問し、取り調べ、飲み込み、見て、聞いてくれる共感をもって。

「あなたは私に素晴らしいものをくれるのね、リリアン。友達を持っているという感覚。ここで夕食を食べましょう。お祝いしよう。」

感情が込められた声。充足感。感じた通り話せること。すべてを話せるということ。

「ジェラルドを失ったのは、飛びついたからなの。私の感情を表現してしまって、彼は怖がっていたわ。私ってどうして怖がる男性を愛してしまうのかな。彼は恐れていて、私は彼を口説かないといけなかった。ジューナ、男性は女性を口説いて得られなかった時なんで傷つかないのかって考えたことある？　女性は傷つくのよね。もし女性がドンファンを気取って男性を口説いて、その人が引いちゃったら、彼女は何かしらダメージを受けると思う。」

「そうよね。それはわかる。それって罪悪感じゃないかと思う。男性にとっては攻撃的になるのは自然だし、敗北も受け入れられる。女性にはそれは逸脱行為だし、敗北は攻撃してしまった事が原因と考えてしまう。女性はいつまで自分の力を恥ずかしいと思っていくんだろうね。」

「ジューナ、これ受け取って。」

リリアンは自分が身に着けていたメダルのついた銀のネックレスをわたした。

「ジェラルドは勝ち取れなかったけど、あなたは彼を死から脱出させたのよ。」

リリアンは言った。「どうして男はあなたのようじゃないんだろう。」

「私も同じこと考えてた。」ジューナは言った。

「たぶん、私たちと同じだったら彼らを好きにならないか怖いと思うんじゃない？　おそらく私たちは強くない人が好きなのよ。」

リリアンは、ジューナとの関係がわかりやすく楽しいものと感じた。彼女たちの中にはその現実感を主張するやり方があった。絶え間なく伝えるしぐさや贈り物、表現、ことば、手紙、電話、目に見える愛情表現の交換、はっきりした返事など。彼女たちは宝石や洋服や本を交換し、お互いを守り、心配、嫉妬、独占欲を表現した。二人はよくしゃべった。その関係は、苦痛の無い夢の中心的で絶対必要な人物だった。この関係は、崇拝と献身の証拠を表す事を両方が楽しんでいるという原始的な人の要素を持っていた。それは、無関心や疲労、誤解や離別、光を失う事や疑いが入るすきの無い、活動的で途切れない儀式だった。

「あなたが男だったらいいのに。」リリアンはよくそう言った。

「そうだったらいいのに。」

外面的にはこういう変身ができるのはリリアンのように見えた。肉体的に強く、ダイナミックで、強い外見を持っていたから。男性的なテイラードのスーツが似合っていて、身振りも直接的で暴力的だった。男性性を持つことは彼女のほうがより可能性があるように見えた。外見では。しかし、内面は彼女は混沌と混乱状態にいた。自然で混沌としていて、理性的では無かった。この混沌への洞察力は持ち合わせていなかった。それは彼女を支配し、無力にしていた。彼女を飲み込んで有毒ガス、ハリケーン、苦しい闇の洞窟へと追いやった。

外見のみではジューナは、女性らしさの本質を持っていた。糊のきいた波打っているペチコートか、貝殻で型を取ったひだのついたバレエのスカートのように見える、フリルの花びらだった。しかし、内面では、性格が明らかになっていて、整頓され、理解され、コントロールされていた。子供の時、ジューナは嫉妬、怒り、恨みなどの自分の嵐のような性格を客観視していた。いつも、そういう性質は制御できる、そんなものに破壊される事、それによって他の人を破壊する事を拒否していると考えながら。一人で、自分の自由意志を持つ子供として、知恵と理解で、自分の性質を東洋的態度を持って制御しようとした。そしてついに、芸術、美的形式、哲学、心理学などの知っているすべての道具を使った末、それは大人しくなった。

しかし、彼女がリリアンの中にそういうものが燃え上がり、コントロールを失い、野性的に盲目に自分自身や他人を破壊しているのをみるたび、同情と愛情を感じた。「それこそが私が彼女にあげるプレゼントだ。」温かい気持ちと哀れみで彼女は考えた。「彼女を導いてあげよう。」

そのころリリアンは、ジューナという美的なもの、謎なものを探っていた。ジューナの洋服を一つ一つ取り上げ、その複雑さと純粋な女性らしさに驚いた。「こんなの、着るの？」彼女は黒いレースのネグリジェを見ながら聞いた。「こういうの、娼婦だけが着るのかと思った。」

彼女は香水、化粧品、洗練されたなまめかしさ、ベール、マフ、スカーフを捜索した。彼女は人工の世界の前ではほとんど誠実で単純な人間のようだった。このような技巧に騙されてしまうのが怖くなった。美的なものとは思えなかった。清教徒のような見方をした。偽りとして、不道徳として、誘惑と好色に付随するものとして見た。

彼女はジュールナに化粧無しで会いたいと主張した。そして、化粧とは裏切りではなく、純粋に顔の見栄えを良くするものだと納得した。

*

リリアンの家は美しく、塗装されていて、木々の中にあった。いろいろな所に手仕事で作ったものがあった。しかし、彼女のものとは見えなかった。彼女が描いたり、装飾したり、彫ったり、飾ったり、選んだりしたものだ。ほとんどのものは、自分の手で作ったか、作り直したものだ。その行動力や職人技で、彼女によって常に触ったり、扱ったり改良したりされた。しかし、そこは彼女の家にならなかったし、彼女の顔や雰囲気を持たなかった。彼女はその中でいつも見知らぬ人のように見えた。すべての彼女の作品や趣味の中に、彼女自身の性格を与えることができなかったのだ。

それは、家族の家だった。それは、夫ラリーと子供たちに似合っていた。それは平和のために建てられた。部屋は広く空気が澄んで、明るく大きい窓があった。温かく、輝いて清潔で、調和が取れていた。他の家庭の家と同じようだった。

ジューナがそこに入ったとたん、そういうことを感じた。この家の中でリリアンが夫と子供たちに費やした力、熱心さ、気遣いは、リリアンの最も深いところではない、どこか彼女の一部から出たものだということを。まるで彼女の本質とは違うものだけでこの生活が成り立っているかのように。誰がこの結婚を作りだしているのだろう？　誰が子供たちを望んだのだろう？　彼女は、最初のきっかけ、最初の選択、これらに対する最初の欲望について思い出せなかった。どんな経緯でこんな形になっていったのかも思い出せなかった。まるで、寝ている間にすべての事が起こったかのようだった。リリアンは、生い立ち、母親、妹たち、習慣、子供時代過ごした家、自分の欲望に関しては全く見えなくなる性格、そういうものに影響され、これらの生活すべてを作りその中で生きてきたのだ。しかし、それは、彼女の本質のもっと深い要素から作られたものではないので、その家の中で彼女は見知らぬ人だった。

一度作られてしまうと、この生活、こういう仕事、気遣い、献身、家族、彼女はそういうものに反抗できるとは思いもしなかった。反抗を挑発するものも無かった。夫は優しく、子供たちは愛らしく、家は円満だった。そして、家族皆をつきることのない母性的な温かさで面倒を見てくれる年取った乳母《ナニー》がいて、彼女は皆の守護天使で家の守護天使だった。

ナニーの家庭への献身はあまりにも深く、支配的で、常に姿を現していたので、家も家族もリリアンより彼女のもののように思えた。ナニーにとってこの家は現実感があった。彼女の存在全体は、その中心にあった。家庭の利益になることを守った。彼女は動き回り、主導権を握り、観察して、休みなく用心した。訪問客は彼女によって判断された。家庭の平和にとって危険な人間は、まずい料理が出された。一回の食事とその次の間に彼女は非難をあらわにした。歓迎される客は、彼女の本能が、家族や家や皆の結束にとって良いと告げている人間だった。そういう場合は彼女は料理やサービスに実力以上の腕をふるった。家族の団結は彼女の情熱をこめた関心事だった。子供たちはお互いを理解し合いお互いを愛するべきだ。子供たちは父親と母親を愛さなければならない。母親と父親は仲が良くなければならない。こういう事柄において、彼女は打ち明け話を進んで聞いてくれて、進んで平和を取り持ち、秩序を回復してくれた。

リリアンの活動についても彼女は喜んで興味を示してくれた。それらが結局家に還元されることであれば。もし家庭を良くするために音楽を持って帰るなら、コンサートにも興味を示してくれるだろう。もし家の中で完成品を見られるなら、絵も興味を持ってくれただろう。テーブルで会話が進まなくなった時は話題の転換をしてくれた。子供たちがけんかをしたら、彼女はそれぞれの権利をちゃんと守りながらなだめて、賢い説明をした。

彼女はある人のプロポーズを断り結婚しなかった。

リリアンが家に帰ってきて、途方にくれ、実際に家の中に入れない、そう感じられない、とけこめない、世話ができないと感じている時、まるで、すべてが実は家族のアルバム写真だけで、本当に存在したり温かさがあったりしないかのようだった。息子のポールが家に帰ってきて雪のついた長靴を脱いでもそれはポールが靴を脱いでいるスナップ写真であるかのように。夫の顔も写真で、アデールも実はピアノの上の絵なのだというような……そんな感じがしている時、リリアンは、キッチンにとんでいき、無意識にナニーの心配顔を探している。ポールはやせすぎ、アデールは学校で親友を無くしたのよね、ご主人はオーバーシューズを忘れてるわというような、ナニーの心配は、この家と家の住人たちの強烈な現実をリリアンに確信させてくれた。

子供たちがもしちゃんと成長していなかったら、(これもナニーのグラフと計算によるのだが）リリアンは自分が悪かったのかと十年前を振り返ったことだろう。夫は何も変化が無かった。

リリアンが自分の部屋を持つと決めた日、ショックを受けた唯一の人間はナニーだった。一匹のコオロギがいなければリリアンも部屋を変えたりしなかったかもしれないが。

リリアンの夫はある夏、旅行で留守にしていた。リリアンはとても寂しく感じて、不安でいっぱいになっていた。その不安が何なのか理解できなかった。彼女の最優先は家族だった。ラリーは幸せで健康だ。家を出た時もすごく幸せそうだった。子供たちも元気だ。だったら、何が問題なの？　みんなが元気だったら、何か私に問題があるはずない。

家にお客さんたちがいた。その一人は、少しだけジェラルドや夢の中の若者や麻酔された時に出てきた若者に似ていた。同じ血筋の男性だ。しかし、彼は恋人としては大胆だった。彼女に素早く、激しく言い寄ってきた。

コオロギが彼女の部屋の天井のはりに住み着いていた。その若者が彼女の部屋に入ってくるまで静かにしていた。彼が愛撫を始めるまでは。そして、突然熱狂的に鳴き始めた。

二人は笑った。

彼は次の夜又来たが、同じタイミングでコオロギは、また鳴き始めた。いつもその瞬間コオロギは、鳴くのだった。
若者は去っていった。ラリーが帰ってきた。彼は妻のもとに戻って幸せだった。しかし、コオロギは歌わなかった。リリアンは涙を流した。そして自分の部屋に移った。ナニーは、一週間のあいだ、絶望して怒っていた。

*

夜、二人きりで座っている時、ラリーは彼女を見ている風ではなかった。彼女のことをしゃべっていてもそれは十年前のリリアンの話だった。そのころ彼女はどんな風だったか、どんな外見だったか、何を語っていたかとか。彼は過去のシーンをよみがえらせるのを楽しんでいた。彼女の行動、テンションの高さ、そして、自分のせいで起こした問題。彼はこういう話を繰り返ししゃべった。そしてリリアンは、ただ一人のラリーしか知らないと感じた。彼女に求愛し、最初の頃そのままで変わらないラリー。自分の十年前の話を聞くと、自分と何のつながりも無いと感じられた。しかし、ラリーは彼女と暮らし、彼女の存在を喜んでいた。彼の記憶の中から彼女を作り直し、毎晩そこに二人で一緒に座って話すのだった。

ある晩、普通なら平和な村で騒ぎを聞いた。パトカーが来て、救急車が来た。そして、かかりつけの医者が門のところに車を止めた。「私の仕事は終わりました」と彼は言った。「それで、すごく飲みたいのですが。」リリアンは彼に酒を出したが、最初彼はしゃべろうとしなかった……

後に彼は説明した。隣に家を借りている男は若い医者で、臨床医ではなかった。彼の行動や生活の仕方は隣人たちを困らせていた。彼は訪問客もいなかったし、誰も家に入れなかった。彼は雰囲気も態度も暗く、一人だった。しかし、人々は耐えられないにおいにしつこく苦情を言った。捜査が行われた。ついに、彼の妻が六カ月前にカリフォルニアで死に、その死体を持って帰っていたのが発見された。自分のベッドに寝かせて、一緒に住んでいたのだ。その医者は以前彼女を見たことがあった。

リリアンは、部屋を出た。死のにおい、死のイメージがいたるところにあった。

彼女の家に捜査が入ることは無いだろう。何も変わらない。ナニーがいる。

しかし、リリアンは、わなにかかったような気がしていた。一体何のわなかわからずに。

そして、彼女はジューナを見つけた。ジューナといると彼女は生きていることができた。ジューナといると彼女の存在全体が生に向かって爆発して、細胞が花開いた。自分自身の存在を感じることができた。今現在のリリアンを。

彼女はジューナとたくさんの時を過ごした。

息子のポールは、母親がなんとなく離れて行くのを感じていた。父と母にはお互いほとんど話すことが無いのだという事に気づいていた。彼は不安だった。アデールは母親が死んでいく悪夢を見ていた。ラリーは心配していた。リリアンは病気じゃないのか。食事もほとんど食べていない。彼は医者を呼ぼうとしたが、リリアンは激しく反対した。ナニーは動き回り防御態勢に入った。まるで危険を嗅ぎ取ったかのように。しかし、何も変化は無かった。リリアンは待っていた。家に帰るといつもまずキッチンに向かった。そこがあたかも暖炉で体を温める所であるかのように。それから子供たちそれぞれの部屋に行き、そしてラリーの部屋に行った。

彼女は何もできなかった。ジューナの言葉は彼女の混沌とした状態に光を与えてくれたが、何も変えてはくれなかった。ジューナが言ってくれた事とは……

人生はわなや捕獲する網になってしまうパターンへと収束していく傾向がある。人はお互い最初に会った時の状態や姿で相手を見る傾向があり、その結果一つのリズムでずっと生活してしまう。愛する人の変貌、変化していく姿を見るのは大変難しい。もし、新しく変化した人間をやっと認めたとしてもそれに合わせるリズムを変えるのはかなり難しい。強い人は強いままでいる事を強制されるし、弱い人は永遠の弱さを強いられる。あなたを最も愛している人は、過去のあなたに自分を順応させているので、変わらない役割を強制してくるのだ。

もしあなたが変わろうとしたら、静かで頑固な反対に遭うだろう。もしかしたら妨害行為をしてくるかもしれない。ジューナは警告した。

ワンパターンの暮らしは内にも外にも監獄と同じものになってしまう。そして私たちはそういうものをぶちこわさなければいけない。変異は難しい。逃避しようとする事もよくある。盲目的な逃避、終わった関係、嘘の関係、嘘の役割からの逃避。時には自己のより深い部分からも。その部分を肯定すると大変な障害に遭ってしまうから。私たちみなの感情の歴史（戦いの物語）は蜘蛛とハエのようなものだ。私達の場合、ハエが蜘蛛の巣を作るのを手伝っているかのような悲劇が加わる。犯罪もしょっちゅうだ。必死になる人間は振り向いてお互いを破壊する。その理由は誰にもわからず、犯人も捕まらない。目に見える被害者もいない。常に見かけが自殺のように見える。

リリアンは壁と鍵がかかったドアを感じていた。自分が逃げ出したいと思っている事さえわかっていなかった。自分が抵抗しているのもわかっていなかった。彼女はそういう事を体で実行した。彼女の愛する監獄の看守たちとの摩擦、亀裂や日常の争いのせいで病気になった。内側からの反逆の毒、その監獄の単調さ、その灰色の日々、栄養状態の貧しさなどから、体の方が悪くなった。彼女はがんじがらめの関係の中にいて、前に進む事ができなかった。

不安が家に巣食ってしまった。ポールは母親と少しでも離れるとその後いつもより長く彼女にしがみついた。アデールは陽気でなくなった。

ラリーはますます寡黙になった。

ナニーは声を出さずに泣き始めた。その時お客が来た。十年前に彼女が追い返した男で、かなり年をとっていた。彼は家がほしかったのだ。ナニーを必要としていた。ナニーも年をとっていた。二人はキッチンで一晩中話をした。そしてある日ナニーは、自分をコントロールできなくなり泣き出した。リリアンは彼女にどうしたのか聞いた。ナニーは結婚したいのだが、家族から離れるのは嫌だと言った。この家族！　この神聖な一致団結した完全な家族。この大きな家の中のたくさんの仕事。しかも他の誰にもできないこと。そして、彼女はリリアンに、抗議して彼女にしがみついてほしかった。以前求婚者が彼女の答えを聞くために家にやってくるたび、子供がやったように。又、ラリーが二、三年前にしたように。

しかし、リリアンは静かに言った。「ナニー、自分のことについて考える時機よ。あなたはずっと他の人のために生きてきたから。結婚しなさい。結婚するべきだと思う。彼はあなたを愛しているし、こんなにも長い間あなたを待っていたんだから。あなたは自分の家と人生と保護と休養を手に入れていいはずよ。結婚しなさい。」

それからリリアンは家族が食事をしている食堂に入っていって言った。「ナニーは結婚してここを出て行くから。」するとポールが叫んだ。「僕たちの終わりの始まりだ！」

ラリーは、食べ物から顔を上げた。初めてこの家にとりついているものが何かはっきりと気づいた。

＊

高いビルを通して風はうなりエレベーターの上下に合わせ熱狂的なフルートの演奏をしていた。

リリアンとジューナは、窓を開け霧に包まれた街を見た。ビルの明りのついた目だけが見えていた。聞こえるのは、くぐもった音、セントラル・パークの池のアヒルのうるさい声、川からの霧笛だけだった。霧笛は時に航海に出させてもらえない捕らわれた船の悲しい不平にも聞こえたが、また楽しい出港のようにも聞こえた。

リリアンは暗闇の中に座って自分の人生についてしゃべっていた。彼女の声は笑いと涙の両方で熱がこもっていた。

暗闇では新しい存在が現れる。日の光を直視する勇気の無い新しい存在。暗闇では人々はどんな事でもあえて夢見ようとする。そしてなんでも語ろうとする。暗闇で新しいリリアンが現れた。

街のあかりは二人の顔をかろうじて映し出していた。真っ白の顔、目と口の部分は陰になり、時々白い歯の輝きが見えた。最初はシーソーに座っている二人の子供のようだった。リリアンが人生と結婚と家庭の崩壊を語るとジューナが身を乗り出して彼女をハグし、今度はジューナが話すとリリアンが近寄り母性的な思いやりで腕を組んだ。

リリアンは言った。「何もかも私が間違った事をしていると感じるんだよね。自分が恐れているまさにそのことを自分が引き起こしてるって感じる。あなたも私から離れていくと思う。」

リリアンの人生に対する満たされない飢餓感は、ジューナのまた違う飢餓感を呼び起こした。この飢餓感は、時々今でも彼女の目の角膜に浮かぶのだった。病気や感覚へのダメージや何かの経験や熱など暴力的な影によってではなく、否定という光る灰色の影に目を曇らせていた。

ジューナは言った。「私は貧乏のどん底の家に生まれたの。母は衰弱でいつもベッドで寝ていて四人の兄弟は、食べ物と世話を求めてうるさくしていて。私はみんなのお母さんと乳母をやらなくちゃいけなかった。私達はすごくお腹がすいていて試食品とか家に残っている薬を全部食べてた。便秘用の薬がチョコレートのコーティングがされていたからそれを一瓶全部食べてしまったこともあったわ。父はタクシーの運転手だったんだけど、帰るまでにかせいだお金のほとんどを使ってしまっていた。私達は十分な洋服も暖房も食事も無い同じような暮らしをしている人達に囲まれて暮らしていたから比較するものが無くてそれが当たり前で普通だと思っていた。でも私は違っていて、他の心の痛みを持っていた。私はよく度の過ぎた夢を見てた。とても激しくリアルなので目が覚めた時伝説や神話、偉人達や都市でできた世界全体が失われたと感じたほど。その都市の色は私達の部屋を千倍もみすぼらしく見せたし、食卓の乏しさをもっとひどいものにした。格差って巨大だった。明らかに何かの代償って感じのご馳走だけの話をしてるんじゃないわよ。それでたんすの中身をいっぱいにするっていうはっきりした方法のことでもない。それはそういう事以上のものだった。夢の中で家や森や街全体そして、あらゆる種類の人達を見たわ。今でも不思議に思う、なんで絵も見た事なかったような子供が、生地のデザインとか、列柱のアーケードや壁の装飾、すばらしい動物や彫刻やさまざまな色を作り出せたのかなって。それにいろいろな動き！　私の夢はあまりにたくさんの動作があったから、時々家でやっている洗濯やアイロン、買い物や繕い物や掃除に子守りにモップかけ全部より疲れると思った。ある夢なんかは、暖炉で燃やすために石鹸の箱をつぶさないといけなかった。手を掻いたり、足の指にあざを作ったりした。でも母がなでてくれて、ジューナ、疲れてるのねって言った時、何で疲れてるのか告白してしまおうかなと思った。原因はしょっちゅう出てくる町の中を航海し続けている船の夢か雪でおおわれたロシアの草原地帯を二輪馬車で行く旅行の夢だよって。とにかく夢では目の見えない人の夢がそんな感じに違いないと思うけど、場所や旅行のしかたがごちゃごちゃになっていたみたい。今何考えているかわかる？　私を疲れさせていたものって、完全な意識と共にある強力な喜びだったと思う。こういう喜びは長続きしないしその反対の感情にすぐに取って代わられるっていう意識。夢から覚めてこの夜の探検から確実に心に留めたことは楽しい事は続かないってこと。この確信は昼間したいと思った楽しい事はどんな小さなことでもその後悲劇が起こるという事実で強くなった。もし一瞬気を抜いて人気のない場所で独り占めしたオレンジをたべていて病気のお母さんから目を離したら、具合が悪くなったりした。それとか映画館の外で写真をしばらく眺めていたら、弟か妹がけがしたり指をやけどしたり他の子供とけんかしたりした。だから思ったの。自由ってその代償がすごく重いなって。楽しい事が、苦しみと罪悪感でものすごい額のお金を払ってしまう盗まれた宝石のようなものだという厳しい収支のからくりを学んだわ。リリアン、今でも何か素晴らしいことが私に起こったら、愛や恍惚感や完璧な瞬間を手にした時、何かひどいことが続くって予感してしまう。」

そしてリリアンは、ジューナの方に体を傾けて暖かいキスをした。「あなたを守ってあげたい。」

「私達はお互いに勇気をあげよう。」

霧が部屋に入ってきた。ジューナは考えた。彼女はとても傷ついている女性だ。なぜ、何に苦しんでいるか、どうやって乗り越えるかわかっていない人だ。彼女は全部無意識で、動きと音楽だ。自分の性格を見たり分析したりするのを怖がっているんだ。性格はもうそのままでどうすることもできないと思ってる。彼女は海を征服しようと船を発明したり、暗闇のある所を照らそうと機械を発明したりしない。水力や電力を利用しようなんて思ったことがない。原始人のようだ。彼女は何もかもが自分の力を超えていると思っていて、混沌を受け入れている。黙って苦しんでいる。

「ジューナ、あなたに起こったことみんな話して。あなたの飢餓感のことばかり考えてる。自分のお腹にその痛みを感じてるくらい。」

「お母さんが死んだの。」ジューナは続けた。「兄弟の一人が通りで遊んでいる時に事故でけがして足が不自由になってね。もう一人は精神病院に連れて行かれた。彼は誰かを傷つけたわけじゃないんだけど。戦争が始まったら彼が花屋から盗んだ花を食べ始めてね。彼が捕まった時、世界の平和のために花を食べてたんだって言って。みんなが花を食べれば世界が平和になるよって言ってた。妹と私は孤児院に入れられたの。私達がそこに連れられて行った日のことは覚えてる。その前の夜、金色で素晴らしい香りで満たされている中国の寺院の夢を見たわ。仏塔の先に一つの歌をずっと繰り返している機械の鳥がついていた。孤児院の女の人に制服に着替えさせられた時、あの鳥の歌がずっと聞こえていて香りもしていた。その女の人の硬くなった手の肌よりそっちの方が私にはリアルだった。ああ、あの灰色の制服はひどかった！　窓くらいまともだったら良かったんだけど、長くて狭いんだよね、リリアン。そんな長くて狭い窓から見るとすべてが違って見えたよ。まるで空自体が圧縮されて小さく限界ができたみたいだった。私にはその窓が監獄の窓のように思えた。食べ物は色も味も無くて泥のようだった。そこの子供たちはお互いに意地悪を繰り返してた。誰も訪ねてくる人はいなかったし。それから夜回って来る年取った警備の男がいたんだけど、よく私達のベッドの上掛けをめくって視線をさまよわせてた。時々目以外のものもね。私達女の子にとっては彼が夜の悪魔だったよ。」

そして沈黙があった。リリアンとジューナはその間子供になり、夜の悪魔になった警備員が禁止されていることを教えたり、子供の保護された核を最初に破ったり、無邪気さを壊して思春期のベッドにしみをつける様子に耳をそばだてていた。

ジューナは言った。「孤児院の色情狂は、監獄の看守もやってた。私達が大きくなって男の子に逢うために夜抜け出そうとしたら、鍵をじゃらじゃら言わせて私達の邪魔をしてた。でも彼にとっては私たちは自由に見えたのかも。狂信的に私たちを見張って閉じ込めてるってことで女たちに尊敬もされてた。孤児院は引き取りたい家族は孤児を養子にしていいっていうシステムがあったんだけど、その子の食糧費として三十五ドル支給されるってことはみんな知っていたから、申し出てくる人はその三十五ドルがほしい人達だった。もう子供がいっぱいいて大変な貧乏な家族が新しい子供を『養子』にしたいってやってきた。こういう家庭に入る事を許された孤児たちは二重に騙された気がしたと思う。少なくとも孤児院にいたら愛情への幻想も希望も持ってなかったから。でも養子に関しては幻想を持ってたのね。みんないつか家族を見つけられると思ってた。ほとんどこういう家族が本当の子供がいるなんて想像もしなかった。私達は来てほしいと思われている一人だけの子供なんだと期待していた。私も大家族にもらわれた。最初に起こったことは、侵入者に対して他の子供たちがやきもちをやいたこと。本当の子供たちがわざと家族愛を見せつけるからすごく悲しかった。前よりももっと捨てられて、飢えを感じて孤児なんだと思い知らされた。親がそこの子供を抱くたびにあまりにも辛くなって結局孤児院に逃げて帰ってしまった。そういうことするのは私だけじゃなかったけど。しかもそういう感情の飢餓感に加えて食べ物もさらに減らされてしまった。ひと月の手当がそっちの家族に払われていたから。そして私は夢と言う最後の宝物も失ってしまった。私が目撃したことがある人間の温かさは全く夢に出てこなくなった。その時完全に貧しく感じてしまった。人間の友達は作る事はできないと思っていたから。」

彼女全体の存在に巣食っているこの飢餓感は、彼女の血を薄くし、骨を通して髪の毛根を襲い、肌を弱くさせ、決して完全には消えて行かない。あまりにも巨大だったから彼女の体全体に現れ、目にも消せない跡を残した。彼女の生活が変わって後に欠けている所が全部満たされても、この飢餓感の見かけだけは残ってしまった。まるで何も満たしてあげられないかのように。彼女の本質は太陽もどんな食べ物も空気も暖かさも愛も受け取っていなかった。憧れと切望で開いた穴と不思議なスポンジのように吸収する細胞が残った。完全な貧困という現実と彼女の想像のぜいたくとの間の間隔は、完全には埋まらないのだ。隙間や空虚さやみじめさの部分に彼女が埋めてきたものは今与えられたものすべてを恥じとしてしまう。大きな永遠に青い目は彼女の飢餓感の大きさを主張し続けるのだ。

目と肌と体全体と魂のこの飢餓感は、他の人達を犯罪者や泥棒、強姦犯、野蛮人にしてしまう。それは戦争や侵略や略奪や殺人を起こし、思春期のジューナの中で愛へと変換された。足りないものすべてに彼女はなれた。母親、父親、いとこ、兄弟、友達、秘密の聞き役、助言者、みんなの仲間。

この吸収の力、受け取るスポンジは、昔の欠乏を満たそうとして永久にふくらみ続けるので、彼女は他の人が望む触れ合いをすべて受け入れていたこともあった。彼らの必要性と飢餓感はどちらも栄養になっていた。貧乏が枯れさせなかった彼女の胸は透明なミルク、献身のミルクで重たかった。

この飢餓感は……愛に変わった。

完全に女性的な服装をしていて、ベールやくし、手袋や香水、マフをつけ、ヒールをはいているのだが、彼女は自分が積極的な恋人で、彼の愛の対象としてすぐにも気分を高めることもできるし、男が彼の愛の柔らかさで自分の中心を強くしているのと同じように自分も強くなっているのだと装っていた。男性と女性の間で強さではなく柔らかさを愛するのだ。お互いの完全さではなく飢餓感を、豊かさではなく不足している所を。

＊

リリアンとジューナは、自分の一番深いところで触れ合うことができた。ジューナは、リリアンの感情的な暴力と彼女を破壊してすべての障害に追いやる力への思いやりに会えた。リリアンは、ジューナの全てを明らかにする力に会えた。彼女たちはお互いを必要としていた。ジューナは、リリアンが爆発するたびに自分自身の深いところでは喜びを感じていた。自分も意思表明や感情を東洋人のように外側の自分に押し込めていたから。リリアンが爆発すると、ジューナにはあまりにも長く押し込めていた感情が解放されるような気がした。彼女自身の稲妻、いくらかの反抗心、いくらかの怒り。ジューナも一人のリリアンを持っていた。今までそこに一瞬の自由も与えてなかったが、リリアンが怒りや反抗心を発散させると不思議と自由になるのだった。しかし、大混乱の後、リリアンがけがをしたり、さらに深刻なことには自分をバラバラにしてしまったりしたら（戦いや爆発は招いた結果があるものだ）、リリアンはジューナを必要とした。苦しみ、絶望や混沌がリリアンを沈めて溺れさせた。傷ついたリリアンはやりかえそうとして、盲目的に復讐し、いっそう自分を傷つけた。そうしたら、ジューナがそこにいた。リリアンにささった矢を取り除くために。その毒を洗い流すために。その傷を保護して、輸血と平和を与えるために。

しかし、溺れているのはリリアンで、いつも最後の瞬間に助けるのはジューナだった。危険に見舞われる瞬間、リリアンはただ一つのことがはっきりわかった。彼女はジューナを手に入れなくてはいけないということを。

それはまるで私は酸素が必要だ、だから酸素を部屋に閉じ込めてそれで息をすると宣言しているかのようだった。

そういうわけで、リリアンは、求愛を始めた。

贈り物を持ってきた。香水や宝石や洋服を引っ張り出し、ベッドの上をいっぱいにした。ジューナに全部の宝石をつけてほしかったし、一度に全部の香水をつけてほしかったし、全部の洋服を着てほしかった。ジューナはおとぎ話のように贈り物で包まれたが、おとぎ話の楽しさは見いだせなかった。それぞれの贈り物に見えない糸がついていると感じた。大変な要求とか負債とか支配につながって。彼女はこういうものを身に着けて自由にどこかに行くことはできないと思った。贈り物で金色の蜘蛛が所有のための金色の蜘蛛の巣を作っているのだと感じた。リリアンは何かをあげるだけではなかった。自分の実体から作られる蜘蛛の糸は、留めてつかむためのものだった。それらはジューナがずっと受け取る事を夢見ていたおとぎ話的な贈り物ではなかった。（彼女は香水をもらったり、毛皮や青い瓶やラメなんかをもらうたくさんの夢を見ていた。）おとぎ話では贈り物を贈る人はプレゼントを並べてそして見えなくなってしまう。おとぎ話や夢の中では、貸し借りが無く、贈る人もいなかった。

リリアンは見えなくならなかった。もっとさらに存在感が出てきた。リリアンは自分の実体から出てきた服を子供に着せたがる母親になった。愛する人の足を入れて置くためにその足に靴やサンダルをはかせたがる恋人になった。ドレスはジューナのものとして選ばれたのではなく、ジューナを包むためにリリアンの趣味で選ばれた。

贈り物の夜は、楽しさと素晴らしさの中で始まり濃くなっていった。リリアンは、あまりにもたくさんの自分自身を贈り物にこめた。それは素敵な夜だった。ミロのサーカスの絵にちりばめてあるもののように贈り物が部屋に散乱していた。きらきら、どきどきしていたが自由ではなかった。ジューナは楽しみたかったができなかった。彼女はリリアンの寛大さ、気前の良さ、ぜいたくさ、豪快さを愛していたが、不安も感じていた。子供の時にもらったクリスマスの贈り物の中にいろいろな色のリボンで美しく飾ってあった謎めいた箱があった。オープンに正体をさらしているよくあるティーカップや人形などの贈り物よりこの不思議な箱の方が気になったことを覚えている。その箱を開けると、そこからグロテスクな悪魔が飛び出し、強いバネのせいで彼女の顔に当たりそうになった。

こういう贈り物の中にはどこかに悪魔がいる。リリアンを傷つける悪魔で、私も傷つく。でもどこに隠れているのかわからない。まだ彼を見ていない、でもここにいるのだ。

彼女は、古い伝説や愛を享受する前に怪物を殺さなければならなかった騎士たちについて考えていた。

ここには悪魔はいないわね。ジューナは考えた。溺れそうになっていて私にしがみついている女がいるだけ。私は彼女を愛している。

リリアンが夜にずっとじゃらじゃら言っているアクセサリーをつけて鮮やかな色のドレスを着て顔がやたらに元気そうだった時、ジューナは彼女に言った。「あなたは、何かしら情熱的な人生を生きる人ね。」

彼女は白い黒人のように見えた。体は喜びと欲望の自然なうねりで動いていた。彼女の鮮やかな顔、貪欲な口元、それに挑発的でからかうようなまなざしは、官能をあらわにしていた。彼女は目の下にくまを作っていた。まるで恋人の腕からやってきたところのように見えた。彼女の体全体からエネルギーの煙が上がっていた。

しかし、官能は彼女の中で麻痺状態だった。ジューナが鏡を見せようとすると、リリアンは恐怖で麻痺状態になった。彼女はピューリタンの教えの厳しさで串刺しになっていた。まるで彼女の柔らかい丸みを帯びた体に貞操帯をつけられているかのようだった。

彼女はジューナのものと同じような黒いレースの寝間着を買った。ジューナの人格や魂を持つすべてのものを所有したいと思っていた。ジューナのブレスレット時計で腕をつかまれていたいと思ったし、ジューナの趣味のドレスを着たいと思った。

（ジューナは、原始人が部族の中の強い男の肝を強くなるために食べたり、耐久力をつけるためにゾウの歯を身に着けたり、勇気をもらうためにライオンの頭とたてがみをかぶったり、鳥のように自由になるために自分に羽をくっつけたりする習慣について考えていた。）

リリアンは謎めくというものがわかっていない。彼女のすべてがわかりやすかった。一番普通の女性の不思議さでさえ彼女は守っていなかった。彼女は男性のようにオープンでフランクで直接的だった。彼女の目は光を投げかけていたが影は無かった。

＊

ある夜、ジューナとリリアンは一緒にフレンチカンカンを観にナイトクラブに行った。そんな時、ジューナは自分が女性である事を忘れ、踊り子達を芸術家の目と男性の目で見た。彼女達を褒め称え、彼女達の美しさ、誘惑、黒のガーターと黒のストッキングと雪のように白いペチコートのフリルの相互作用に酔いしれた。

リリアンの顔が曇った。嵐がその目に宿り稲妻が光った。彼女は怒りで食ってかかった。

「私がもし男だったら、あなたを殺してる。」ジューナは困惑したが、リリアンの怒りは嘆きのうちに解消された。「ああ、かわいそうな人達。あなたを愛している人達はかわいそう。あなたはこういう女たちが好きなんだから！」

彼女は泣きだした。ジューナは彼女の体に腕を回し慰めた。二人の回りの人達は戸惑いを見せた。人が予期しない気まぐれな突風を急に見上げるように。

そこには無秩序に世界をひっくり返し、右からも左からもやってくる大きなスピードの速い怒りがあった。そして、なぜ？　という顔が。

二人の女性は美しい女たちが踊るのを見ていた。一人は楽しんでいたが、一人は醜態を演じた。

リリアンは家に帰り、便箋の箱の裏にたどたどしい文句を書いた。〝ジューナ、私を捨てないで。もし捨てられたらだめになっちゃう。〟

次の日ジューナが来た時、前の晩の不可解な嵐のせいでリリアンはまだ怒っていて、「あなたは私が友達として選んだ女性なの？　あなたは我ままにむさぼる子供なの？　気まぐれで困らせるばかりで。いつも私の邪魔ばかりして」と言いたくなった。

そうは言えなかった。こんな無茶苦茶などうしようもない箱の裏のことばを前にしては。そのことばはじっとしていなくて、左から右、右から左に揺れ動き、傾いて落ちて行き、こぼれて又戻ってきて線の上を上っていった。まるで紙の端から飛び立つように。飛行場であるかのように。まるで、落ちて行くエレベーターみたいに紙の上を急降下していくように。

二人で歩いていて道でキスをしている恋人達に会ったら、リリアンは同じように動揺した。リリアンの子供の話をしていて、ジューナが本物の子供は嫌い、大人で中身が子供というだけならいいけど、と言った時、リリアンは、子供を持ったら良かったのにと言った。

「でもね、リリアン、私は子供に対する母性的な感情に欠けてると思う。母性的な経験っていうのは、けっこうしたけど。子供、特に捨てられた子供というのは、大人と呼ばれている人の中にもたくさんいるでしょ。だけど、あなたは、だって、あなたは本当の母親でしょ。本物の母性的能力を持っているわよ。あなたは母親タイプだと思う。私は違う。私は愛人になっているのが好きなだけ。奥さんになりたいとも思わない。」

そこで、リリアンのすべての宇宙が又ひっくり返り、破壊された。ジューナはちょっとした無邪気なことばが破壊的な威力を示すのに驚いた。「私は母性的な女じゃない。」リリアンは、非難するように言った。(すべてが相手を非難していた。)

そして、ジューナは、彼女にキスをして冗談っぽく言った。「うーん、じゃあ、あなたは運命の女《ファム・ファタール》ね。」

しかし、これは、すでに大きくなっている炎に風を送っているようなものだった。リリアンは、もっと落胆した。「違う。私は誰も破滅させたり傷つけたりしてない。」彼女は抗議した。「いい、リリアン、いつか机に向かってあなたのために小さな辞書を作ってあげる。小さな中国語の辞書。あなたに向かって言われたことの解釈全部を書いてあげる。それは正しい解釈よ。傷つけたり恥ずかしい思いをさせたり、非難したり疑ったりする目的のものじゃない。あなたが何か言われた時は私のこの辞書を見て、確かめてほしいの。絶望的になる前にあなたに言われたことばの意味を。」

小さな中国語の辞書のアイデアは、リリアンを笑わせた。嵐は過ぎ去った。

しかし、彼女たちが一緒に街を歩く時は誰かが見ているとか、ついてきているのではないかと必死に見ようとした。店の中では彼女は自分が太めなのを気にして、それは個性ではなく欠点だと考えた。映画では感情的になりすぎ涙になった。レストランで大きな窓のそばに座って通り過ぎる人達を見ていた時は、人の中傷と解剖になった。宇宙は彼女の敗北した彼女自身に左右され、回っていた。

彼女は、奉仕してくれる者たちには攻撃的だった。そして、彼らが自分を守るために彼女を捨てると傷ついた。世話をしてくれない人達には個人的に傷ついたが、自分の我ままのせいで作った傷は見えていなかった。彼女の命令はみんなの髪を逆立て、障害や報復を招いた。彼女が現れると不協和音をもたらした。

けれども、彼女は他の人を、世の中を責めた。

恋人達が一緒にいるのを見るのが、お互いに夢中になっているのが耐えられなくなった。彼女は静かにしている男たちに嫌がらせを言って、口げんかに誘った。そして、攻撃的に自分の意見を押し付けてくる男たちを憎んだ。

彼女の恥の感覚。何気なくストッキングの伝線をやりすごせない。ボタンが取れているのに過剰反応する。

ジューナが彼女に注意を払わないで、他のことや人間に没頭しているとリリアンは病気になった。しかし、家族に囲まれて家にいる時は病気にならないのに、一人で、ホテルにいる時に具合が悪くなった。そうするとジューナが駆けつけてくれて出たり入ったりして薬を買ってきてくれたり、チキンスープを作ってくれる。昼も夜もこの嘘っぽい行動につきあってくれる。そしてリリアンは、手をたたいて、告白するのだ。「私、すごく幸せ！　あなたを全部自分のものにしたわ。」

外では夏の夜が安物の宝石をジャラジャラつけた陽気な娼婦のように過ぎていた。大きなベッドのようにオープンで、優しくしてくれる夏の夜は過ぎて行ったが、リリアンの世界との緊張関係はそういかなかった。

彼女はエロチックな回顧録を熱心に読んでいた。他人の人生と恋愛にのめりこんでいた。しかし、彼女自身は譲歩するという事ができなかった。恥ずかしいと思い、自分の性格を押さえつけていた。すべての欲望、情欲は彼女の中でねじ曲げられ、嫉妬の毒を作りだしていた。官能がその花弁の頭を見せる時は、リリアンは、切り落とそうとするのだった。彼女を困らせたりつきまとったりするのを止めるために。

同時に彼女は誘惑したいと思っていた。世界を、ジューナを、みんなを。彼女は唇にキスされたいと思った。もっと温かく。そして、暴力的に自分自身を阻止するだろう。彼女はこの達成感の無い狂乱の内なる思いとなんとかつきあっていた。ドクンドクンと迫って来る性への執着とそれを遮断する繰り返し。盲目の子宮からの欲求のような対立の無い貪欲な愛。体温を上昇させるとその蓋をしっかりしめてしまうことに喜びを感じながら。

彼女は自分が溺れている時に、常に周りの人達を窒息させて暗闇へと彼女と一緒に連れて行ってしまう。


ジューナは、熱風に捕らわれたように感じていた。

以前スペインの島に住んだことがあって、全く同じような印象を経験した。

この島は静かで銀色で眠っているようだったが、ある朝アフリカから奇妙な風が吹いてきて円を描くように舞っていた。島中に無気力な暖かさが充満し、花とサンダルウッドとパチョリと香のにおいが満ち溢れ、その風は渦を巻き、人の神経を集め揺らしながら、人の気力を奪う乾いた暖かさとにおいの渦巻きに巻き込むが、頂点に達するわけでも爆発が起こるわけでもなかった。執拗に風は吹き続け、何時間もすべての人の神経を集め続ける。神経だけを。そしてこの運命のワルツに巻き込んでいく。引きずり込み、ひっぱり、ぐるぐると回す。体が落ち着きなく震えすべてのバランスや重力の感覚が無くなるまで。風の狂気のワルツとやさしい暖かさとその香りのせいで、生き物は方向も、明瞭さも誠実さも失った。何時間も、一日中、一晩中、体がこの知らない間に巻き込まれているリズムに踊らされ、そこには、上下の感覚も無かった。神経と欲望だけが、振動し、緊張し、動きに疲れていた。すべては虚しく、休みも盛り上がりも無く、他の嵐のように大きく弱まるということもなかった。力を集中する緊張があったが、解き放つことがなかった。四十八時間一度も弱まることがなく、期待させ、盛り上げて心地よくなで、眠りと休息を破壊し、そして解放することなく頂点も無く消えて行った……

　こういう暴力はジューナは非常に好きだった。それは暴れて弱まっていくただの熱風だった。この暴力をジューナは喝采し楽しんだ。自分の中には持てなかったから。それは今彼女を燃やしていた。彼女たちの友情で。それは何にもつながっていなかった。何も生み出さないし、否定の世界に捕らわれていた。

「あなたは私を救ってくれる」とリリアンはいつも言う、しがみつきながら。

　リリアンは、大きな沈みゆく船だ。そう、そして、ジューナは小さな救命ボート。しかし、今その大きな船は、小さな救命ボートに係留され、あまりに勢いよく進むので、救命ボートは、沈没しかけていた。

（彼女は男性しか彼女に与えられないものを私に求めている。でも、まず彼女は私になりたいのだ。男性とコミュニケーションを取るために。男性との交流のしかたを忘れてしまったのだ。私を通してそういうことをしようとしている。）

彼女たちが一緒に歩いている時、リリアンは時々ジューナに言った。「私の前を歩いて。あなたが歩いているところが見えるように。お尻の振り方がいいのよね。」

リリアンの前を歩くとリリアンが女性性を失って男性のリリアンに囚われているのがわかった。リリアンの女性らしさは、彼女の存在の一番深いところに閉じ込められ、ジューナを愛することとそれを知る事が、ジューナを通してその深い場所にある彼女自身の女性性に届いていたのに違いない。ジューナの女性らしい外見をまとうことによって、お尻をふってジューナになっていった。

ジューナがリリアンの暴力性を喜んでいたように、リリアンはジューナの女性らしい負けの姿勢を楽しんでいた。ジューナは、愛するため欲望するために降伏することを楽しんでいた。リリアンは、ジューナを通して息を吐き出していた。ジューナの存在の中に起こっている事でリリアンの手が届かないところは、少なくともジューナを通してつかんでいた。

「初めて男の子が私を傷つけたのは」、リリアンはジューナに言った。「学校でだった。彼が何をしたか覚えてないけど、私は泣きだした。そして彼は私を笑ってた。私がどうしたかわかる？　家に帰って兄のスーツを着たの。男の子がどんな風に感じるかやってみた。当然のようにそのスーツを着たら強さを身に着けたような気がした。男の子がそうであるように確信と自信と生意気さを感じられた。ポケットに手をつっこんだだけで、傲慢になれた。その時思ったの。男の子になるって、苦しまなくていいことなんだって。女の子であることって、苦しみを引き受けることだって。もっと後でも同じことを感じたわ。男性は客観性を持つことで苦しみから逃れているんだなって思った。男性が理性的になるっていう言い方をする時。夫が、リリアン、理性的になろうよって言う時、彼は私が感じている事を全くわかってなくて、客観的に見ているってことなのよね。なんて能力なんだろう！　それからもう一つ。息がつまりそうな大きな苦痛を感じた時一つだけそれを和らげてくれる事を見つけたの。それは行動すること。私は戦争が起こっているのに家で座って待っていなくちゃいけない女性のように感じていた。戦争に行って参加することができたら、こんな悩みや恐怖は感じないのに。この前の戦争中ずっと自分が子供のように感じていた。自分をジャンヌダルクにしてくれたらいいのに。ジャンヌダルクは、鎧を着て馬に乗り、男性と肩を並べて戦った。彼女は男たちの力をもらっていたんだろうね。それは男たちも同じだったかも。ダンスの時、女の子の場合はダンスを申し込まれるまで待っているのが耐えられない。どうなるかわからない不安な気持ちで。誰も声をかけてくれないかもしれない！　だから私は前に飛び出しちゃう。その不安を打ち消すために。突進する。全部の性格が不安感にあおられてほとばしってしまう。心配で不確かな瞬間から逃れるだけのために。」

ジューナは、彼女を優しく見つめた。強いリリアン、圧倒するリリアン、攻撃的なリリアンではなくて、隠された秘密を持って恐れているリリアン。彼女は弱さの回りに固い鎧をつけ偽っていた。

ジューナは鎧の中に隠されたリリアンを見たが、鎧は全部壊れて、残酷な鎖かたびらのパーツのようにリリアンの回りに落ちていた。それらは敵から彼女を守るより彼女をもっと傷つけていた。鎖かたびらはとけてしまい傷ついた女らしい肌をあらわにしていた。最初に自分の弱さを知った時、リリアンは鎖かたびらを拾って自分を覆い隠し、槍をとった。槍なんて！　男の槍だ。不確かさは攻撃するという活動で解消され緩和された。

突然リリアンは笑い出した。涙を出しながら笑っていた。「すごくおかしい出来事を思い出していたの。十六歳くらいの時。私のことを好きな男の子がいたんだけど、シャイで好きなことをあまり出さなかった。私達は同じ学校だったけど彼はかなり遠くに住んでいた。みんな自転車で通学していた。ある日休みで一週間会えないってなった時、彼は自転車で二人の町の真ん中で会おうって提案してきた。一週間会えないのが耐えられないって感じていたのね。そう決めて同じ時間に家を出て中間地点に向かったんだけど。」

リリアンが進んで行った。最初は普通のスピードで。男の子のペースがわかっていたから。ゆっくりリラックスしたリズムだと。決して急がず、あわてない。彼女は最初彼のリズムに合わせていた。彼の事を夢見ながら。彼のゆっくりした微笑、シャイな崇拝、それは主に彼女をあちこちで待っていることだった。待っているだけ。進んだり、招いたりではなく。彼女が通り過ぎるのを待っているのだ。

彼女はゆっくり夢見るようにペダルをこいでいた。それから、ゆっくりと彼女の喜びと落ち着きは不安に変わっていった。もし彼が来なかったら？　彼が来る前に自分が到着したら？　誰もいない寂しい場所を見るのが耐えられるかしら？　待ち合わせが失敗したら。彼女の心の中では高まる気持ちがあった。力強いモーターのように。もし彼女が一人で着いて彼が待ち合わせに来なかったらこの高揚感をどうしよう？　この恐怖は彼女を二つの方向にゆさぶった。そこで止まって引き返しがっかりする可能性を消す。あるいは、急いで行って苦しい不安の時間を縮める。彼女は二つ目を選んだ。人生を実感することや欲望を満たすこと、夢の実現、幻想と一致する現実の可能性などに対する彼女の自信の無さが自転車のスピードを異様に速めた。不安から来る信じられないスピード、人間の体を超越したスピード、人間のがまんを超えたスピードで。

彼女は彼より先に着いた。彼女の恐れは的中した。不安感がどれくらいスピードを速めたのかわからなかった。速すぎてリズムの同調をこわしてしまった。恐れた通りに到着した。道の寂しい真ん中に。男の子は夢見る人をあざ笑う見えないイメージになった。実体にならない蜃気楼のようだった。夢見る人を受け入れない現実、成就しない願いのようだった。

男の子は後で到着したかもしれなかった。彼は寝てしまって全く来なかったかもしれない。タイヤがパンクしたかもしれない。どうでも良かった。どうしても彼女はバルコニーで待っているジュリエットではなく、彼女のところに来るのに飛び越えなければならなかったロミオのように感じてしまった。彼女はジャンプしたのだ。ロミオのように行動したのだ。女性がジャンプすると虚しい結果になるのだ。

大人になるとそれは、二つの自転車の二つの違う町のドラマではなく、暗い部屋で男と女が喜びと溶け合う事を求める場面になった。

最初彼女は暗闇から生まれる喜びを彼女を溶かし侵略される事を消極的に夢見ていた。しかし、暗闇から出てきて彼女につかみかかるものは喜びではなかった。それは不安感だった。不安は暗闇で混乱した態度を見せ、力の逆流とショートを起こし、喜びを与えなかった。失望と壊れたリズムは、男性が娼婦を買った後のような感情だった。

前かがみの女性、明らかに消極的で明らかに受動的な女性からは、緊張した不安な影がさしていた。速すぎる自転車をこぐ女性の影が。不安感を和らげるために無法者のように前に突っ込んで行って敗北してしまう。なぜなら、こういう積極性は相手を見つけられないし、融合できないから。女性のそういう部分は結婚に入っていけないし、受け入れられない。しかし、それは女性の一部とか不安の影なのだろうか？　そういう不安を鎮めるため男性の服を着て積極的な役割を味わってみるような。それは、男性の服を着て速すぎるスピードで自転車をこぐ女性そのものなのではないのだろうか？

*

ジェイ。彼の座っているテーブルは、ワインのシミがついていた。彼の青い目は中国の賢者のように謎めいていた。彼のことばは最後の方でハミングのようになった。まるで声のペダルに足を置いてエコーを作り出すように。こんな風に彼のことばは、急には終わらなかった。

バーに座ると彼はすぐに熱帯の天気のような雰囲気を作り出した。緊張しているにもかかわらず、リリアンはそれを感じた。バーに座って声を転がしながら、彼は皿の上のナイフのカチンと鳴る固い音やグラスの氷のような耳障りな音やカウンターに投げられるコインの冷たい音を溶かし液状にした。

彼は背が高かったが自分の背の高さを緩く気負わずに扱っていた。彼のコートと帽子のように気軽に、まるで彼が軽さや機敏さが必要な時いつでもそういうすべてのものを捨てることができるとでもいうように。彼の体は、まるで彫刻が完全に仕上げられていないかのように大きくてぼさぼさで、彼の刹那的なムードやころころ変わる空想や運勢のように無頓着だった。

彼はその柔らかい動物的な口を何か飲もうとしているように開いた。彼は言った（まるで飲み物の代わりにリリアンの顔と声を飲み込もうとしているように）「幸せだ。幸せすぎるんだ。」そして彼は笑い始め、笑って、笑って、熊のように頭を右、左に揺らした。まるで頭が重たすぎるとでもいうように。「どうしようもないんだ。笑うしかない。幸せすぎるから。ゆうべ、ここで夜を明かしたよ。クリスマスだったがホテル代が無かったからね。その前の夜は映画館で寝たんだけど。みんな見逃してくれて寝てるところは掃除してなかった。朝になって、壇上のピアノを弾いたんだ。すごく怒った支配人が入ってきて、ピアノを聞いてくれて今日から来いって契約してくれたよ。ああ、イエス様！　ねえ、リリアン、クリスマスが僕に何か持ってきてくれるなんて考えた事無かったんだ。だけど、君をプレゼントしてくれた。」

なんて優しく彼は彼女の人生に足を踏み入れてきたことだろう。彼はなんて静かに暮らしているように見えたことだろう。だけど、彼はずっとバーのテーブルで封筒の裏にひどく人をちゃかした絵を描いていたのだ。ホームレスや酔っぱらいを描いて。

「じゃあ、あなたはピアニストなんだね。僕もそうなればよかったたな。腕は悪くないんだよ。でも、一生懸命練習したことがないからね。画家にもなりたかったし。もっと勉強したら作家にもなれたかもしれないんだけど。一度、役者もやってたんだ。だけど今は何でもないっていうところかな。なんで僕に目を付けたのかな？」

群衆の中なら目立たないこの男は普通の男のように通り過ぎてしまうかもしれなかったのに。あまりに静かで夢見心地のようで、帽子を斜めにかぶり、足をやや引きずって歩いていた。すべてを楽しんでいる怠け者の悪魔のようだった。なぜ、彼女は、この男を飢えて、のどが渇き捨てられていると思ったのだろう。

このラテン系のようなふざけた態度で絶え間なく酒を注文しているジェイの裏に、なぜ彼女は行き場を失っている男を見たのだろうか。

彼は、酒の前では労働者のように座っていた。バーにいる娼婦には御者のようにしゃべりかけた。女たちは皆彼には気軽に接していた。彼の存在はリリアンの重圧も意欲も取り除いた。彼は南風のようだった。やってきたら、風が吹き始めすべてを溶かして柔らかくし、喜びと豊かさを持ってきた。

彼らが会う時、彼がこっちに向かって歩いてくるのを見て、彼女の所までどんどん歩いてきて止まらず、彼女の存在の中まで歩いてくるように感じた。彼女の体の真っ只中まで歩いてきそうだった。その柔らかく怠惰な歩みとのどがゴロゴロしているような声とわずかに開いた口もとで。

彼女は彼の声が聞こえなかった。彼の声は彼女の肌の上を一種の愛撫のように響き渡った。彼の声に抗う力は彼女には無かった。それは彼のもとから真っすぐ彼女に届いた。耳をふさいでも、なぜか彼女の血管まで届き、上昇させた。

彼女の洋服が彼の部屋の床に落ちた時、すべてのものが新しく生まれ変わった。

彼は言った。「ありがたい気持ちになるよ、リリアン。でもすべてが素晴らしいね。すごくいいよ。」彼はすごくいいということばにまろやかさを持たせ、部屋全体を輝かせた。それは、何もかかっていない窓やくぎにかかったウールのシャツや二人で一緒に飲んだ一つだけのグラスにも暖かい色を与えた。

黄色のカーテンから太陽の光が入ってきた。すべてが熱帯の午後の色になっていた。

その小さな部屋は、壁から深く奥まった小部屋のようだった。暖かい霧と温かい血。泥酔したジェイは紅潮して血管が重たくなっていた。彼の官能的な表情が拡大した。

「あなたが来ると急にうれしくなる。」彼はベッドの上で二回三回と前転をした。

「これはいいワインなんだ、リリアン。僕の失敗に乾杯しよう。疑いの余地は無い。僕が落ちこぼれってことは間違いない。」

「あなたを落ちこぼれにはしない。」リリアンは言った。

「あなたは、何でもしたいと言うけど。まるでそう言うと本当にそういうことが起こるみたいだ。」

「そうなるのよ。」

「僕はあなたに何を期待したらいいのかわからない。奇跡を期待しているよ。」彼はいたずらっぽく彼女を見上げ、そしてからかうように、そして又真剣になった。「幻想は持たないよ。」彼は言った。

　彼は重たそうな肩を折り曲げ座り、うなだれた。しかし、リリアンは、すばやく通り過ぎる閃光、瞬間の希望、自分の運命への無関心さに残っている誠実さが一瞬の稲妻のようにきらめくのを見た。彼女はそこにしがみついた。

*

ジェイ――妖精、小人、牧神。そして母親に縛り付けられた世界のプレイボーイ。明るい天賦の才があり、楽しみながら絵を描く。偶然の驚きの色彩、絵具とのゲームで出現したものの心地よいショックを楽しんでいた。努力や規律や苦痛が必要な場面が来ると彼は絵を描くのをやめた。即興をしたり自分と他の人達を驚かせたり、体を伸ばして笑い、くどいたりくどかれたりするのを許されている間は彼は踊っていたが、勉強や才能開発や鍛錬、努力、繰り返しが入って来ると彼はやめてしまった。それ以上難しい事を要求されなかったら彼はゆるく流れるように、感情たっぷりに演技したが、稽古、疲れ、負担、努力などは避けた。彼は友達を追い求めることはなく、来るものだけを受け入れた。

彼は自分自身に現在の瞬間だけを与えていた。友達と一緒にいて飲んでしゃべるために彼は次の日が期限でやらなければいけない事を忘れた。もし時間とエネルギーが必要なことなら、期限に合わせられなかった。備えるということがなかった。起きていなければいけない時に寝ていたし、エネルギーが必要な時に疲れていて、来てほしいと呼び出されているところにいなかった。友達からの最も単純な期待や最も取るに足らない義務でも彼を反対の方向へ走らせた。彼は楽しみがある時にだけ友達のところにやってきた。楽しみが消えて現実が見えてくるとすぐに去ってしまった。事故や病気、貧困、けんか、このような理由では彼はそこに行かなかった。

それはまるで彼が雰囲気をよんでいるようだった。そこはいい？　楽しみに匂いや色があるのだろうか？　展開、忘却、奔放、享楽にも？　そういう場合彼は残った。困難にもある？　そういう時は彼は消えてしまうのだった。

*

リリアンとジェイ。

無慈悲な冬の日だった。風が四つ角のところで彼らを悩ませていた。雪がえりから入ってきた。話をすることができなくてタクシーを拾った。

タクシーの窓は霜がついていたので、彼らは世界から完全に隔絶されたように見えた。小さくて暗くて暖かかった。ジェイは彼女の毛皮の中に顔をうずめた。彼は自分を小さくしていた。受け身でソフトになるやり方を心得ていたので、彼は背丈と体重を減らしているかのようだった。彼はそうやって顔は彼女の毛皮の中だった。彼女は自分がタクシーの暗さと小ささであるかのように感じた。そして、彼を隠し、いろいろな自然の力から彼を守ろうとした。ここでは寒さは彼に届かなかった。雪も風も日の光も。彼は自分自身をかくまっていた。彼女は彼の頭を胸に抱いて、ぐにゃっとなった体をかかえ、彼の手をポケットに入れた。彼女自身が彼を保護する毛皮でポケットで暖かさだった。彼女は、巨大で強くて限界を知らないように感じた。境界の無い母親が腕と翼を広げどこかに飛んで連れて行くのだ。彼女は彼の避難所で、秘密の隠れ家で、テントで空で毛布だった。

男にとっての音をかき消す母親、衝撃を吸収してくれる母親だった。

この情熱は、他の情熱より暖かく強くて、欲望を消滅させ、欲望そのものになる。取り囲み、包み込み、支えたり強くしたり維持したりすべての欲求にこたえるための、無限の情熱なのだ。彼は目を閉じた。彼女のふわふわした温かさの中でほとんど眠っていた。彼は毛皮をなでながら爪に当たる恐れも持たず、自分を投げ出していた。このなすがままの態度に誘発された情熱の波が彼女を陶酔させた。

*

彼は自分の幻想に合わせて大抵色のシャツを着ていた。一度白を着た事があったが、もらったものだった。白と黒は彼に似合わなかった。中間色のみが合っていた。

リリアンは、彼の近くに立って、二人は一緒に生活する事について話し合っていた。ジェイは働かないだろうと言った。繰り返しや「上司」や決められた勤務時間などというものに耐えられないのだと。真面目な事は我慢できなかった。

「じゃあ、ホームレスにならないとね。」

「ホームレスでいいよ。」

「ホームレスに妻はいないわよ。」リリアンは言った。

「そうだなあ。」彼は言った。そして、何も続けなかった。もし、彼女が努力の対象になったら、彼は彼女にもしがみつかないだろう。

「じゃあ、私が働かないとだめね。」彼女は言った。「どちらかが働かないと。」

彼は何も言わなかった。

リリアンは、二重に不安になった。こういう場面に慣れていない事とその不吉さ、そして、白いシャツの慣れた感じとに。白いシャツは彼の言葉以上に彼女を動揺させた。彼女はわかっていた。白いシャツは彼女に夫を思い出させたのだ。夫がコートを着る前に彼女はいつも彼を見ていてぼんやり考えていた。彼は白いシャツを着るとなんてぴしっと真っすぐ立つのだろう。黒と白。完璧にのり付けされ、いつも同じだった。その白いシャツが好きかはわからなかった。シャツから権威と厳しい指導としっかりとした建物が浮かんだ。そして今又、白いシャツと向き合っているのだが、そこには何も浮かび上がらず奇妙な気分になった。厳しさも真っすぐな肩も男性も無かった。近づくと何か壊れやすく、柔らかく、揺れている感じがした。シャツが男性の体によって支えられていなかったのだ。もし彼女が責任を負うという考えを急に捨てたり、このシャツに対して急に考えを変えたりしたら、それは崩壊して少しずつ砂やソフトな笑いや捉えどころのない揺らめく愛に変わってしまうだろう。

この夫の白いシャツに、彼女は頭を置いて強い鼓動を聞いたことがあった。今それは空っぽのようでまるで彼女が柔らかい砂丘で転びもっと柔らかい細かい砂にすべっていくような夢を見ているかのようだった……彼女の頭は向きを変えた。
彼女はこの新しい均衡状態に一生懸命自分を保とうとしていた。弱い白シャツに触ることを恐れて、譲歩すること、柔らかさと砂を感じることを恐れて。

*

彼のためにボタンを縫いつける時は彼女はボタンだけではなく、まばらでちりぢりになった彼のアイデア、発明、終わらない夢のかけらをつなげていた。紡いで、縫って、繕っていた。彼は自分では連結の糸も繕う知識も継続や修復の糸も持っていなかったから。未開人の矢のように毒の言葉で貫かれたら、彼は解毒薬を探す事もその結果がどれくらい致命的なのか推し量る事もしないだろう。彼女はボタンをつけながら、彼の気まぐれの壊れたかけらも集めていた。ボタンとあまりに緩くつながれた言葉を両方縫っていた。彼らの日々を繋ぐためにタペストリーを作り、散らばって粉々になった二人の言葉、二人の気分を繋げていた。彼は自分の願望や放浪やぶらつきやとりとめない旅行での大騒ぎから洋服を破ってしまっていたから。彼女はずたずたになった愛と信頼のために彼が精力を傾けた小さな証を縫い合わせて洋服にしようとした。彼は無関心のはさみで信頼を切りこんでいたが、彼女は、繕って縫ったり、織りなおしたり、継ぎを当てたりした。彼は無駄にしたり投げ捨てたりするので、彼の宝物を評価したり残したり、持ち続けるということができなかった。彼の常にちぎれているポケットのように何もかもが滑り出て失われた。彼の才能や形見や過去からのものすべてのように。彼が二人の日々を残していられるように、家や二人の部屋や二人のベッドへの鍵を持っていられるように彼女はポケットを縫った。寂しさが彼女を分解した時、彼が手を伸ばして彼女を抱くことができるように袖も縫い付けた。彼ら二人の日々や二人の関係の柔らかい内側の肌から温かさが出て行かないように裏地を縫い付けた。

彼はいつも彼女が自分の願いを打ち明ける前に彼の願望をしゃべった。彼が眠い時寝られるように彼女は寝具にならなければならなかった。もし彼が暑ければ彼女の愛は彼をあおがないといけないし、寒い時は火にならなければならなかった。病気の時は昼も夜も看病を必要としたし、一つには病気のため、もう一つは彼女の気配りを見るのがうれしいからだった。

彼の頼りなさのせいで、こういう女性には彼は「オム・ファタール」（運命の男）になった。彼が手を伸ばす時カップや食べ物への確かめや敏捷性はなかった。彼女の手がこういう不確かな身振りを終わらせるように動いて足りないものを補った。彼の何かへの欲求が彼女をアラジンのランプに変身させてしまった。彼の夢もかなえられなければならなかった。

もっと大きな障害に対しては彼は完全に戦わない態度を取った。支払われるべきものを主張したり怒っている家主と面と向かう時、あるいは当然の権利を獲得する時、彼の最初の衝動は降伏だった。修理できない家からは出て行き、ビザが整わない国からは出て行き、もし他の男が近くにつきまとうなら女性のところからも出て行くのだ。退却と降伏。

＊

時にはリリアンは夫のことを思い出した。今やもう夫と言えなくなったら、彼女が好きになった他の男たちと同様に彼もハンサムで魅力があったなと思えたが、なぜ一人の愛する人として彼女の存在や感情に入ってくることができなかったのか理解できなかった。彼の恋人としての面以外は、どんなところも本当に好きだった。離れて距離を置いてみるとはっきりと彼のことが見えてきた。彼が彼女自身のかなり外にいたと感じた。彼は真っすぐに立ち、自己充足的で男らしかった。彼は常に普通の男性の大きさとちゃんとした保護本能を持っていた。

しかし、ジェイは……ほとんど足をひきずったように彼女のところにやってきた。本能的に支えたくなるような男だった。彼は目が良く見えていない男のようで、少しぎこちなく少しつまずきながらやってきた。この無力さのせいで、彼の本当の体格とは違って（彼は夫と同じ背の高さだった）小さくて、もっと傷つきやすくもっと弱々しい印象を与えた。この男の中には、恐怖感があった。生活に不適合なのではとか、それにとらわれているのではとか、犠牲になっているとか。それは彼女にも影響を与えた。より小さく弱い次元で彼は、彼女の存在に入って行くための彼の存在の正しい比率に到達したようだった。彼は彼女の思いやりと言うルートで入ってきた。彼女は避難所が解放されるように自分を解放した。入って来るのが男だという事を意識せずに（ある確かな疑いを持っていた男）ケアを必要としている子供だと感じていた。彼は乞食が宿を物乞いするように、犠牲者が慰めを求めているように、体の弱い人が助けを求めているようにノックしてきたので、彼女は疑いなくドアを開けてしまったのだ。
彼の頭の上に巨大な屋根を全力で持ってきたのは、彼を避難させて覆って守ってあげたいという熱狂のせいだった。無限の母性の力を伸ばしていったのは、女性を守る男性の普通のイメージの代わりだった。

*

ジェイがやって来ると風邪を引いていた。初めは大したことはないというふりをしていたが、だんだん彼女の中に完全に溶けてしまい、柔らかく優しくなり、甘やかされるのを待っていて、大げさにせきをした。そして彼は、二人で怠け者の南部人か病み上がりの病人のように街をうろうろしてたんだと言った。彼女は甘やかすように笑って、時間を無視し、二人がお腹がすいた時に食事をして雨を照らす太陽の光を見て、キラキラ光る雨上がりの濡れた道だけを見てその灰色は見ていなかった。彼は蓄音機が欲しいと告白し、二人で買い物してタクシーにのせて戻ってきた。この親しさの温かみと満足と言うぜいたくの中ですやすやと眠った。このハムってうまくない？　このサラダはおいしいねえ。このワイン、おいしくない？　と言ったのはジェイだった。すべてが、うまくいっていて趣があり、口当たりが良く開放的だった。

彼は現在の風味を与えて、彼女に明日のことを心配させた。

完全に食べ物と色を味わっているこの瞬間、人間が息をしているこの瞬間。離れてしまったり、逸脱したり取れたり失ってしまうかけらは一つも無かった。ジェイがテーブルに食べ物を集めて部屋に蓄音機を持って来たら、彼は彼女を現在の瞬間に集中させてしまったから。

彼女を抱くことは奪ったり征服したりすることではなかった。彼は女性の中にひそむ恋人だった。子供が女性の中にいるように。彼の愛撫は恋人としてだけではなく、内に入れてほしいと言う憧れと切望のようだった。自分の欲望を満たすだけではなく、彼女の中に残りたいという切望。そして彼女の切望がこれに答えた。満たしてほしいという欲望で。彼女は決して彼を外側に感じなかった。夫は彼女の外に立っていたが、男性として彼女のところにやってきた。しかし、ジェイがしたように彼女の中で安らいで、彼女の中で自分を失い、彼女の中で溶けることによって自分自身をとどめなかった。子供に持っていた肉体的な混ざり合いの感覚で。夫は新しくなり、又浮かび上がり、彼女から去り彼の男性的な行動へ移って行き、世の中と闘うようになった。

母性的で女性的な願望が彼女の中で混乱していた。夫の男らしさが彼女に入って来ることは許せなくて彼女を訪れるだけになったのだが、ジェイがそこを貫いて通ったというのは、この柔らかさと母性的な譲歩だったのだと感じた。

彼は娼婦が好きだった。「だって、くどかなくていいからね。美しいラブレターを書くこともいらないし。」彼は彼女たちが好きで、リリアンにどれだけ好きかを語るのも好きだった。リリアンに全部話さないといけないかのようだった。それが彼女を傷つけるとしてもすべての場面を隠さず話した。何も秘密にしておけなかった。彼女は、告白の聞き役であり、連れ添いであり、協力者であり、守護天使だった。彼が細かい描写に入って彼女が泣いているのは見えていなかった。この瞬間彼は彼女がまるで男（あるいは母親）であるかのように扱った。まるで彼の人生のひとこまが彼女を楽しませることができるかのように。「その時君が見ていたら、楽しめたと思うよ。」

彼は彼女に二人の生活の物質面での負担を引き受けてほしいと思った。しかし、彼女が彼のところに来た時、重責を全く捨てて彼と一緒に子供になろうとしていた。彼のユーモアのセンスは気まぐれな形を取った。

彼のお気に入りのいたずらは、他の人が大事にしているものを捨てたり、他の人が大事に持っているものを壊すことだった。伝統、習慣、所有物。彼の一番大きな楽しみは解体だった。

彼の最も喜んだ経験の一つは、何年も前静かな小さい通りに住んでいた頃の隣人のピアニストが病院に母親を見舞わなければ行けなくなったのだが、その同日にピアノ屋がピアノの交換を約束していた。その男は何カ月もそれを楽しみにしていたので、ジェイに頼んで立ち会ってくれと言った。それは複雑な作業で、古いピアノを出して新しいものを入れなければいけなかった。二つの家が必要だった。移動させる人がピアノを出してから、ピアノ屋が新しいのを届けるのだ。ジェイはこれを笑い飛ばして、気にしないで外出し、彼がした約束を全く思い出さなかった。家に帰ってきたら、二つのピアノが家の前の道に放り出してあり雨にうたれているのを見つけた。雨の中の二つのピアノを見て、彼は完全にうれしくなり、「それはニューヨークで見た一番シュルレアリスティックな光景だったよ。」彼の笑いは、伝染性があったので、リリアンも彼と一緒に笑ったが、同時にどういうわけか雨に打たれたピアノのイメージの悲しさと彼が帰ってきた時の知らないピアニストの悲しみを彼女も感じた。

彼は出来事の喜劇的なところだけとらえた。

　時には彼女は自分自身に聞いた。いつの日か彼は私をどう思う様になるのだろう。いつ私を傷つけるのだろう。そんな事があったらどうしよう。彼を陽気に愛するようにしよう。もっと適当にゆるく。空間と距離と裏切りを我慢して。私の勇気は今日生まれた。ジェイはここに眠っている。私の髪や首に息がかかる所に。私から傷つけることはないだろう。批判もしない。女は子宮の中で動いている命を批判したりしない。あなたに近づきすぎた。私には不利なことでもあなたと一緒に笑い飛ばすわ。

　自分に不利な事。今、雨の中に放り出された二台のピアノの痛みが急に直接彼女の心を打った。そしてなぜ自由に笑い飛ばすことができたのかわかった。そのピアノは過去のジェイの友達のものであるというだけでなく、彼女自身のものでもあった。ジェイを世話するために彼女は演奏をあきらめているのだから。二人がすぐに必要としていることに対処するため、コンサート・ピアニストになる夢は断念していた。ジェイの嘲りは、彼女を傷つけた。その話は他の誰かの喪失と彼女の喪失に対する彼の無神経さをむき出しにしていたから。そして、他の人の気持ちになることができず、彼女がピアニストの自分を失くしたらそれは彼女の大きな部分を失っていて、人格のほとんどが消滅していて、それを彼のために犠牲にしているという事が理解できずにいるということを表していた。
ジェイが雨の中に放り出してだめにしてしまったのは、彼女のピアノだったのだ。

*

彼は寝室用のスリッパをはいて、絵を描いていた。傍らに赤ワインの瓶を置いて。床のところどころに丸い赤ワインの跡があった。しみ。テーブルの角はたばこの吸い殻で焦げていた。彼は気になどしなかった。今日描いたものは昨日のより良くなかった、でも別にいいんだと言った。彼はそれでも同じように楽しんでいた。芸術について心配はしていなかった。すべては良好で、完璧など知らない。たばこが切れていてもし彼女が一本渡したら、その水彩を仕上げるかもしれない。彼女が邪魔しに来た。それもいいだろう。それが人生だ。人生はどんな絵より大切だろうし、邪魔も入ればいい。とりわけそれが女性なら。人が入ってくればいい。それもいいことだ。絵を描くのもいいし、描かないのもいい。食べるのと愛を交わすのはもっといい。そして終わったらまた空腹になり、映画に行きたいかもしれない。良くても悪くても……

部屋は真っ暗だった。ジェイは彼女の腕の中で寝ていた。今はぐっすり眠っていた。音楽師が手回しオルガンを弾いているのが聞こえてきた。土曜の夜だった。彼にとってはいつでも祝日だった。いつも土曜の夜で、群衆が笑っていたり叫んだりしていてオルガンも聞こえてきた。「中国人によるとね。」ジェイは目が覚めて、言った。「天国と地上の間の領域があったらしい。ここがまさにそれだね。」

欲望の竜巻とこの上なく素晴らしい静けさ。彼女は重たく燃えているのを感じた。

「君を鍵をかけて監禁しておきたいね、リリアン。」

突然彼は飛び起きてしゃきしゃきと元気いっぱいに自分の子供時代と放浪時代について語り出した。そして、愛して捨てた女たちと捨てられて傷つけられた彼いわくビッチな女たちについても。一度にすべてを思い出したかのようだった。まるで糸玉が彼の中にあってどんどんほどけていき、又その糸が新しい玉を作って又違う日にほどかれるというように。こんな万華鏡のような激しさと情熱でリリアンにしゃべっているすべてのことを彼は本当に経験したのだろうか？　本当に学校時代雪の玉で男の子を殺したのだろうか？　彼の最初の妻がお腹に子供がいるのに殴り倒したりしたのだろうか？　愛していた女性が彼を拒絶したからといって、突然の怒りで壁に頭を打ち付けたのだろうか？　本当に中絶された胎児をフェリーボートからわずかな報酬で投げ捨てたのだろうか？　本当に目の見えない新聞売りから銀貨を盗んだのだろうか？

彼は、過去のあらゆる段階を解放してみせて、彼女の前に並べた。仮面をつけおどけて。彼女は彼がはっきりしない復讐心、恐怖心、弱さから嘘を言っているとわかった。

彼女は過去と世の中に出た彼を見た。彼女が知っているこの男とは別人だった。恋をしている女がみなそうであるように、彼女はこの過去の男のイメージを捨て、彼の行いが他の人に責任があると思った。私の前では彼はポーズや防御を全部捨ててるんだ。冷酷で冷淡な昔話は彼女は信じなかった。我々が皆愛する者にそうであるように、彼は無実で犠牲者でさえあると彼女は思った。

自分はこの男のどちらが表面で、どちらが中心なのかわかっているんだと感じていた。彼は言った。「君はいつもわかっているよね。どの話を笑い飛ばすべきか。」

そして、彼はごろっと転がり眠ってしまった。物音も心配も出来上がってない仕事も仕上がらない不完全状態も行われない愛の場面も解決されていない問題も彼を目覚めさせておくものは無かった。彼は寝返りをうって忘れてしまえた。彼はこんなにも大きな無関心で寝返りをうってすべてのことを棚上げにできた。彼が寝返りをうつと一日は終わった。次の日に持ち越すものは何も無かった。彼はとにかく寝返りをうってすべてを消した。ただ寝返りだけ。

＊

ジューナとジェイ。ジューナにはジェイは無頓着に見えなくて、どちらかというと熱中するタイプでよく話を聞く人のように思える。まるで何かの啓示を探し求めているかのようで、初めて何かの疑問を持っているかのようだ。

「ものすごく盲目的に生きてきたんだ……よく考える時間も無くて。たくさんの、やたらたくさんの経験をして。リリアンはいつも問題や不幸、変化、逃走、ドラマを作ってる。何かを消化する時間が無いんだ。それで彼女がいなくなったら僕は死ぬって言うんだ。その痛みや戦いは僕にとっていいものだって。」

彼はまだ四十歳だがこめかみの所に白髪があるのにジューナは気づく。

彼は言った。「君の目は不思議なことであふれているね。まるで毎日奇跡を期待しているみたいに。今はまだ君を手放せない。君と一緒にいろいろな所に行きたいから。目立たない小さなところに行って、後で言えるように。『ジューナとここに来たんだ』って。飽くなき欲求ってやつかな。不可能を君に求めると思う。何かはわからないけど。君がそれを教えてくれるのかもしれない。僕より勘が良いからね。君は完全に誠実な気持ちになった最初の女性だよ。一緒に話ができるから幸せだ。君とは安心できる。これって酔った勢いの言葉だけど、意味わかるだろ。君は僕が何を言おうとしているかいつもわかってるようだから。」

「賢者の老人から野蛮人に変わったわね。あなたは臆病でしかも残酷でしょ。」

「そういうことがリリアンには理解できないんだ。それとも破壊できないってことかな。僕たちは友達だよね。わからない？　友達だよ。うわあ、男と女が友達だったことなんてあるのかな。愛や欲望を超えて。何もかも超えて友達になるなんて。でもそれが君に感じてることだけど。」

彼女はこのような言葉にこめられた陽気さが嫌だった。青白い看護人だと宣告されるようだったから。他人が重荷をおろす理解ある人間で、頭を膝にのせて眠ることができたり、他人の傷を癒す人間。彼女は自分の善の部分が嫌いだったので、公平性の感覚の中心から彼女は静かに言った。「破壊者がいつも破壊するとは限らないのよ、ジェイ。」

「君はもっと多くのものを見てるんだね。とにかくもっと多くを。で、君が見ているものは正しいようだ。すべての中心に到達しているんだね。」

そして彼女は彼らの間に挟まれた。言葉の魔女になって、鋭い知識と自分を忘れる事と人間として必要な事によって暗くされた静かで素早い影になるために。この息詰まる盲目的な関係を明らかにすると、リリアンとジェイは、お互い必要な事が異なっているからお互いを傷つけているという事だ。

看護人の青白い美しさが暗闇で光っていた。

ジェイとリリアンは二人とも突風のようにジューナの人生に入ってきて、突風のように離れて行った。彼らの生き方のように。

彼女は何時間も座って、彼らが惜しまずばらまいた感情の中を進んでいくゆっくりとした川船のように心を漂わせていた。

ジェイは、彼女と二人の時に言った。「僕の場合、難しいことは、自分自身のイメージをはっきりと持つことなんだ。自分の事についてはあまり考えてこなかったからね。初めて自分を最大限に伸ばしてみたような気がして、それは君の中にあるように思うんだ。君が持ってる僕のイメージが正しいものだって思うのに慣れてきたよ。たぶんそれは僕をいい気分にするからだろうね。僕は中心の無い車輪のようなものだったから。」

「じゃあ、私が今はその中心ね。」ジューナは言って笑った。

ジェイは居間のソファに寝転がっていた。彼女は夜のパーティのために着替えに行った。着替え終わると彼女はドアを開けて長い鏡の前に立ち香水をふった。

窓は庭に向けて開いていて、彼は言った。「これはペレアスとメリザンドの設定みたいだ。全部夢のようだね。」

香水はアトマイザーから噴き出すと衣擦れのような音がして、彼女の耳たぶや首につけられた。「君のドレスはお姫様のようなグリーンだね。」彼は言った。「誓ってもいい。そんなグリーンは見たことがないし、これかもお目にかからないね。絶対庭はボール紙でできていて、君の後ろで揺れている光はフットライトで、聞こえている音は自然じゃないだろう。君はほとんど透明だし、自分に振りかけている香水の霧のようだよ。もっと振りかけるといい、水彩の定着剤みたいにね。アトマイザーをかして。体中に香水を振りかけるよ。君が水彩の色のように薄くなって消えてしまわないようにね。」

彼女は彼の方に歩いて行ってソファの端に座った。「あなたって私を女性としてあまり信じてないでしょ。」彼の幻想とはかなり不釣り合いな大きな嘆きをもらした。

「これは、ペレアスとメリザンドの設定なんだよ。」彼は言った。「君がパーティに行ってしまったら、もう会えないってわかっているからね。こういう出来事はせいぜい三時間しか続かないし、音楽も一日くらいしか残らないね。それ以上は無理だ。」

その日の色、ビザンチン絵画の色、うわぐすりの硬い表面を持たないあの金色、簡単に時が経てば腐食してしまう細かい粉でできた金色、腐食の危機にひんしているような繊細な金粉、まるで分子でのみつながっているような細かい粒子が香水の霧のように散って落ちるのを待っているかのように。その金は実質あまりにも薄いのでその裏にキャンバスがあるのかと推測してしまう。その薄さの裏の絵の空間、現実の存在、幻想の裏にある繊維質の空間、色と深さが無く、その金粉の下の空間と暗闇の状態を考えてしまう。今庭に落ちていったこの金粉は、一枚、一枚木の葉の上に落ちて、部屋の中に漂い入ってきて彼女の黒髪や手首の肌や彼の擦り切れたスーツの袖や緑のカーペット、彼女のグリーンのドレス、香水瓶、彼の声、彼女の不安の上に降ってきた。生きているものの息であり、彼と彼女が生きるために吸って生きるためにはいているその息。すべてを吹いてなぎ倒すまさにその息。

夢が入りこむ場所でいつも蒸発してしまう人間のエキス。

風が吹くのをやめ、窓と庭の間にぶらさがっている、そんな夏の日の空気。その空気それ自体が葉っぱや言葉を移動させる。移動した葉っぱや言葉がその日のすべての要素を変えてしまうことがある。

人間のエキスは夢が入りこんで支配する場所でいつも蒸発してしまう。

彼が昨晩友達と出かけてある女に会ったんだと言うたびに、リリアンの存在に不安が走り、君に取って代わる女性を見つけたんだと続けるのではという恐怖を味わう。この瞬間は何年も同じ不安、同じ愛のもろさの感覚を伴い、彼の愛に何の変化ももたらさず、繰り返された。迷信のようなものが彼女にとりついていて、彼らを縛る絆の力に逆流が走る、脅迫の感覚を感じていた。最初は愛が拡大するばかりでその根っこを見せなかったが、その後、根っこが現れたら自然の消滅と死を予期していたから。

この恐怖は彼らの最も深い瞬間の頂点で現れた。ずっと上り坂で急に断崖が現れるように。この恐怖は、自然の休息というよりは死の兆候として彼らの静かな日々にも現れた。それは静けさの瞬間を致命的な秘密の封印と共に際立たせた。愛着によって広がった円が大きければ大きいほど、人間が孤独に落ちて行くより大きな裂け目を彼女は見た。

この危険を体現している女性は現れなかった。彼の描写はわけがわからなかった。ジェイは素早く肖像を作ったが次の日には忘れているようだった。彼は友達の多い男だった。彼の情熱は暖かい道を作ったが、常に浮いているようなもので、わだちを残さなかったし、永久に定着するイメージも無かった。彼の情熱はすぐに消えたし、時には一晩だけだった。彼女はこれらの過ぎてしまうイメージを探し出せなかった。

ときどきとんでもなく単純に彼は言った。「君だけだよ。君こそただ一人の人だ。」

また彼はある日言った。「この間君が気に入りそうな女性に会ったよ。君がそこにいなくて残念だったんだ。今夜友達と一緒にやってくるよ。ここにいたい？　君も見れるよ。彼女は並外れて美しい目をしてるから。」

「並外れて美しい目？　ここにいるわ。彼女と知り合いたい。」（もしかして今より未来に走って行けたら、ショックを受けない距離に行けるかも。恐怖と直感の違いって何？　想像することをあまりにはっきり見てしまう。未来予知みたいに。今感じでいるのは何だろう。恐怖それとも予感？）

ヘレンがドアをノックした音は襲撃のように元気だった。彼女は大きくてビシッとしたテイラードスーツを着ていた。彼女は彫像のようだったが、うつろな目をしていた。涙を流す人間っぽい目ではなく獣っぽくギラギラしていた。彼女の体の他の部分は、土台に彫像が固定されているように恐怖で動かなかった。彼女は人を石に変えて固まらせるのを待っているメデューサのように動かなかった。催眠術にかかったように冷たい彼女の鉱物的な輝きに皆が惹きつけられていた。

彼女は二つの声を持っていて、一つは男性の声のように低く深く聞こえるもので、もう一つは軽くて無邪気だった。二人の女性が彼女の内部で葛藤していた。

彼女はリリアンの中に人間に対するものではない感情を引き起こした。紫がかった青の永遠性を持った絵を見ている感じがしていた。好色なメデューサの髪の毛を持った白い彫像。一人の女性ではなく、彼女の回りに巨大な空間を持っている伝説的な人物に思えた。

彼女の目は謎に対する答えを求めていた。瞳は白目の部分から離れたがっているように見えた。

リリアンはもはや嫉妬ではなく、夢の中のような好奇心を感じていた。出会いに危険や恐怖を感じたのではなく、一人の女性が立って待っている巨大な青い空間だけを感じていた。ヘレンの回りのこの空間と壮麗さがリリアンを引き付けた。

ヘレンは自分がケンタウロスに連れて行かれる夢について話していた。リリアンはケンタウロスがヘレンの頭をつかんでいる様子が想像できた。神話の女性の頭だ。神話の中の人間は我々より大きいのだ。

ヘレンの夢は監獄に囲まれた大きな砂漠で迷子になる状況だった。彼女は自由になるために自分の手を切った。その監獄の柱は包帯でぐるぐる巻かれている人間でできていた。彼女の長い服は麻袋だったり、囚人用の毛織の服だった。

そして彼女はリリアンにいくつも質問した。「なぜ私は自由じゃないんでしょう？　何年も前に夫と二人の小さい娘から逃げたんですけど。その時わかっていなかった。母親になりたくなかったんです。子供の母に。創造や夢の母親になりたかったみたい。芸術家の母親や想像力をかきたてるミューズや愛人に。結婚生活では生きたまま埋葬されてたんです。夫は人生に対する勇気が無い男でした。まるで彼に障害があって私が看護人かのように暮らしてました。私の中で彼の存在があまりに完璧に人生を殺していたから、子供の誕生をほとんど感じられなかったほどです。自然を怖がるようになってしまいました。山に呑み込まれたり、森に窒息させられたり、海に吸い込まれたりするような気がしました。あまりにも結婚生活に激しく抵抗したから、ある日すべてを破壊して逃げて、子供と家と国を捨てたんです。でも欲しかった人生に手を伸ばしたけどだめでした。逃げても自由は得られなかった。毎晩監獄と逃亡の同じ夢を見るんです。まるで体だけが逃亡して感情は置いてきたみたいに。私の感情は、植木をあまりに激しく抜くと根っこが残ってしまう様に、そこに残してきてしまったようです。そういう無茶は何にもなりません。人を自由にもしませんしね。私の一部は子供と一緒にそこに残って過去に閉じ込められているんです。今私は自分自身を完全に、体も心も解放しないといけないんです。でもどうやったらいいかわからない。私が取ってしまう暴力的な表現は、私の回りにある抵抗の結び目をもっときつくしめてしまうだけになっています。人はどうやって過去を清算できるんでしょうか？　罪悪感と後悔は古いコートのように洗い流せないですね。」

そして彼女はリリアンがこの話に心を動かされているのを見て言った。「あなたに会えて、ジェイに感謝しなくちゃ。」

その時初めてリリアンは自分の悲しい秘密を思い出した。一瞬だけ彼女は頭をヘレンの肩にもたせ掛けて告白したくなった。「あなたのこと恐れていたっていう理由だけでここに来たんです。私からジェイを奪うんじゃないかと思ったから来たの。」しかし、ヘレンが心の最も深い場所の夢や痛みを明かしたので、リリアンは思った。もしかしたら彼女はジェイより私の方を必要としている。彼は慰めるという事ができないから。彼女を笑わせることだけしかしないはず。

同時にこれは平等に効果的だと彼女は思った。どんなにジェイが女性の大胆さを好きか思い出していた。彼の女性的な部分は譲る事が好きで選ばれたりくどかれたりするのが好きだった。心の奥底では彼は臆病で、女性の大胆さが好きだった。もしこの事を彼女に話したらヘレンは彼という存在の鍵を与えられたことになる。リリアンが最初の一歩を彼女にアドバイスしたら。

彼は火をつけられることを永遠に待っている人間で、自分からは踏み出さず、いつも女性の中に彼をさらってくれる爆発を求めているから。

彼女の回りには危険と喪失の兆候があった。

自分では何をしているのか意識してはいなかったが、リリアンはジェイがそうなるであろう彼女の恐れる役割を引き受け始めた。彼女は恋人のようなものになった。優しく気をつかった。ヘレンの必要なものは不思議なほどよく気が付いた。ヘレンが一番深く孤独を感じている瞬間に彼女に電話した。ヘレンが聞きたい思いやりある言葉をかけた。恋人が見せるような信頼をヘレンに与えた。この友情関係は、愛と同じような奇跡を成し遂げられる恋人のような雰囲気だった。ヘレンはまた情熱と渇望を感じられるようになった。彼女の病気を忘れて絵を描くことや歌や物書きに取り組み始めた。住んでいる場所を模様替えしたり、作り直したりした。看病とケアと幻想のうちに彼女は芸術を披露した。孤独を感じなくなった。

太陽が暖かい素晴らしい日にリリアンは彼女に言った。「私が男だったらあなたを抱くのに。」

彼女がこんなことを言ったのはヘレンを暖かさと熱情のうちに花開かせるためだったのか、ヘレンからそれを奪ってしまったかもしれないと思ったのだが、ジェイの代わりに彼女が想像した求愛行動をするためだったのか、自分でもわからなかった。

しかしヘレンは新しい愛で女性として豊かな気持ちになっていた。

時には、リリアンがヘレンの家のベルを鳴らす時、ジェイが鳴らしているところを想像した。そしてヘレンの顔を見た時ジェイがどう感じるか考えてみようとした。毎回ヘレンは美しいと完全に認めてしまった。彼女が自分の称賛する能力でヘレンの美しさをもっと輝かせているのではと自分に聞かなければいけなかった。しかし、ジェイこそ彼が褒め称えたいものすべてを輝かせるこの能力を持っていた。

リリアンは彼が来て絵を見ているのを想像した。彼なら青の壁を気に入るだろう。彼女の癌に対する不安や恐れ、執着などは彼は気に入らないだろう。でも彼はそういうものは笑い飛ばして、彼の笑いが彼女の恐れを取り除くだろう。

ヘレンのバスルームはリリアンが化粧をして髪を整える場所だが、ヘレンの人生の親密な部分に近づくようで彼女は苦しさを感じた。彼女はヘレンのバスローブや部屋履きやクリームや薬をジェイならどんな気持ちで見るだろうと推し量りながら見渡した。彼が人の人生の舞台裏に入って行くのが好きなことを思い出していた。彼は人には見せない私物をあれこれ見て幻想を振り払うのが好きだった。それは彼の情熱だった。彼なら勝ち誇ったように瓶を持ってきて言うだろう。これって、何に使うの？　まるで女性がいつも彼をだまそうと目論んでいるかのように。彼はとても単純な物も疑った。しょっちゅう人工のものではないか確かめるために彼女のまつ毛を引っ張った。

ヘレンのバスルームでは彼はどう感じるだろうか？　彼女の室内履きに優しい気持ちになるのだろうか？　なぜ優しさを引き出す物と何も感じない物があるのだろう？　ヘレンのスリッパは優しさを感じさせなかった。彼女に関する物で優しいものは無かった。しかし、欲望や情熱や何か他のものは感じさせるかもしれない。彼女は彫像や絵画やフォルムのように人の外側にしかとどまらないのだとしても。人を貫いたり包み込んだりする何かではなかった。しかし、人間的な形のものでも情熱をかきたてる。たとえ彼女がキリコの絵の彫像で、人間たちと交わることができないとしても。たとえ彼女が他の人間によって満たされたり血と感情の糸に絡み合いながら他の誰かの中に住み込んだりすることができないのだとしても。

一緒に出掛けた時はリリアンはいつも三人が同じコンサート、同じ展覧会、同じ芝居で逢うという偶然を期待した。しかしそんなことは起こらなかった。彼らは常にすれ違っていた。冬中ずっと都会の生活では偶然が彼ら三人を一緒にすることはなかった。リリアンはこの出会いは運命ではない、彼らが離れているのは私のせいではないと思うようになった。

ヘレンの目はますます緑が濃くなり、神話にどんどん沈んでいった。彼女は感じることができなかった。リリアンは自分がヘレンを人生に戻すことができる男から彼女を遠ざけているような気がした。ジェイを与えないことによってヘレンを生きたまま埋葬しているような気もしてきた。

おそらくリリアンはイマジネーションを働かせすぎていた。

その間にヘレンにとってのリリアンの必要性は大きくなっていった。リリアンのときどきの訪問では満足できなかった。彼女の人生のすべての隙間をリリアンで埋めたくなった。寂しい時はリリアンに泊まって行ってほしかった。重荷はどんどん重くなっていった。

リリアンは恐ろしくなった。面白がってヘレンがジェイに最初に興味を覚えるのから遠ざけたいと思っていたのが、彼女はやりすぎて、自分がその興味になってしまった。

ヘレンはどんなに小さなことでも芝居がかるし、不眠症に悩まされているし、自分の寝室は夜何かが出ると言うし、リリアンをあらゆる理由で呼び出した。

リリアンは、恋人を演じたことで罰を受けていたのだ。今彼女も夫になったにちがいない。ヘレンはジェイを忘れたが、代わりにリリアンが人質になった。

この重荷をどうやったら軽くできるのかわからないままに、彼女はある日言った。「あなたは又旅行すべきよ。この町はあなたにとって良くないと思う。そんなに長く寂しくて不幸に感じる場所はいちゃいけない場所でしょ。」

まさにその夜、ヘレンのアパートで火事があった。彼女の隣の部屋で。彼女は自分に対するリリアンの直感が鋭いのだという証明と解釈した。また旅に出る決心をした。

彼女たちは陽気にまるで短い別れであるかのように通りの角でさよならを言った。陽気に、お互い緑の目をきらきらさせながら。二人ともお互いの住所をすぐ失くした。夢のように本当に素早くすべてが消滅してしまった。

そしてリリアンは又自由を感じられるようになった。またもう一度愛の核を守るために戦士のよろいを着るようになった。もう一度彼女は男性の服を身に着けた。

ジェイは彼女を女ではなく、彼の弱さの夫や母親にした。

＊

リリアンは妊娠したとジェイに告げた。彼は言った。「中絶費用の金を作らないと。」彼はいらいらしているように見えた。彼女は待った。彼がゆっくりと子供に対する可能性に興味を示すかもしれないと思っていた。彼はますますいらいらをつのらせていくだけだった。それは彼の計画や楽しみを邪魔するものだったから。子供の事を考えるだけで迷惑だった。彼は医者のところに彼女を一人で行かせた。怒りも表していた。そして彼女は理解した。

彼女は暗い部屋で一人で座っていた。

自分の中の子供に語りかけた。

「まだ生まれていない小さな了、私の子宮を小さな足が蹴っているのを感じる。生まれていない小さな子、二人で座っているこの部屋は暗いよね。私の中があなたには同じように暗いでしょうけど。でも私よりは暖かい所で横たわって気分がいいでしょ。私はこの暗い部屋で知らない事、感じない事、見ない事の喜びを求めている。完全な暖かさと暗さの中で静かに横たわる喜びを。私達みんなが永遠にこの暖かさと暗さや悲しみが無い暮らしや不安と恐怖と孤独無しに生きて行くことを求めている。あなたは生きたくてジリジリしているよね。小さな足で蹴っている。でもあなたは死なないと。暖かさと暗さの中で死なないといけない。父親がいない子供なんだから死なないといけないんだよね。地上では空のように大きくてあなたの全てを包んでくれるほど大きくて、家や教会より大きいお父さんはあなたにはいないから。あなたを慰めたり、大きさや温かさであなたを包みこんでくれるお父さんはあなたにはいない。私の中で死んだ方がいいと思う。静かに、暖かさと暗さの中で。」

子供はこの彼女の声を聞いたのだろうか？　六カ月で流産し彼女は子供を失った。

＊

リリアンは宝物だらけの寺院のようなある人の私邸でコンサートを開いていた。絵画と人々が専門的な目と洗練された趣味で集められていた。温室の展示会を思い出すような美しい女性の集団がいた。

床はピカピカに磨かれていて二人のリリアン、二つの白いピアノ、二組の観客がいた。

彼女の強い手の下のピアノは、子供用のピアノのように小さくなった。彼女はピアノを圧倒し、苦しめ、壊していた。すべての力をこめて弾いていた。まるでピアノが彼女を所有し所有されているかのようだった。

観客の女性たちはこの「体当たり」のような演奏の前で震えていた。

リリアンは、彼女の活力をピアノに注いでいた。顔は猛烈な勢いと所有欲に満ちていた。音楽を上に上らせるかのように彼女は顔を上に向けていたが、音は上に向かって行かず、蒸発した。あまりに重たい情熱がこめられたのだ。

彼女は青い空間に音楽を投げ入れるつもりで弾いてはいなかったが、何かしらの頂点、ピアノとの不可能な融合、男と女が共に到達できるところに手を伸ばしていた。歓喜の瞬間、融合の瞬間だった。彼女の中の情熱と血が象牙色の音符に向かってほとばしり、負担をかけ過ぎた。自分の体がたたかれて砕かれてもいいと思っているようにピアノの箱をたたきつけた。そして、顔に現れた痛みは聖人の境地に達した人のようでも歓喜に達した人のようでもなかった。音楽は立ち上って窓から出て行かなかった。消費されない力で重くなった官能的な叫びだけが残った。

リリアンはピアノに嵐を起こしていた。音楽を使って、同じような力と情熱で嵐を起こしてほしいのは自分なのだと皆に伝えていた。

女性たちが素晴らしかったと彼女に言うために近づいて来た時、この波のような力がまだ彼女に残っていた。彼女より小さな女性たちを飲み込むようにピアノから立ち上がった。使われなかった力の熱をこめて女性たちを抱きしめた。その力は頂点に達していなかった。音楽がピアノという繊細な器から出たものでは収めることができない力だった。

ジューナの注意が窓の方に漂って行ったのは、リリアンがピアノが彼女に与えられないものをピアノから切り離そうと奮闘している時だった。

金色のサロンには、クリスタルのランプやタペストリーや絵画、そして大きな出窓があった。ジューナの椅子は奥まった場所にあったので、彼女は香水のむせかえる香りの群衆と静かな動かない庭の境界線に座っていた。

午後の遅い時間だった。音楽は厚い嵐の雲のように人々の上に降り立ち、軽くなって消えるように散り散りになったりしなかった。空気はますます重くなっていた。その時、彼女の目は秘密の暴露を見ているように庭をとらえていた。皆がリリアンを見ていたので、ジューナの急に向けたまなざしは庭を無意識にとらえているように見えた。平和と緑の崩壊を。軽い雨は葉っぱの表面を洗っていて、木の幹の節は年寄りの目で見つめていた。芝生は水を飲んでいて、葉っぱも木々も芝生も風もすべて愛撫の状態のように官能的な湿気が感じられた。

庭は裸の空気を持っていた。

ジューナは、目が庭に溶けて行くがままにしていた。庭は裸で、開花時期で、豊かさと潤いの空気があった。

サロンはメッキがほどこされていた。人々は間違った役割の服で着飾っていて、照明と顔は弱々しく、身振りはのり付けされたようだった。リリアン以外は。彼女の性格は型にはめられていたり、圧迫されていたりメッキされていたりしなかったし、ピアノと戦っていたから。

音楽は扉を開かなかった。

自然は花開き、愛撫し、したたらせ、リラックスし、眠った。

金メッキの部屋では先祖が永遠にミイラになっていたが、子孫たちも同じ体勢を取っていた。女性たちは香水漬けで、化粧品漬けだった。男性は優雅さにつかっていた。裸の真実の暴力は金メッキの枠の中では蒸発して消えた。

そして、ジューナの目が落ち葉のカーペットが敷かれた小道をずっとたどると、寝室に何気なく置かれているように茂みや花の間に置かれている等身大の三枚の鏡に初めて遭遇した。三枚の鏡。

家の中の人々の目は庭のむき出しの状態、露出度に耐えられなかった。人々の目は鏡が必要だった。その弱々しい反射を楽しんでいた。湿気、みみず、昆虫、根っこ、流れる樹液、朽ちた樹皮など、庭の真実のすべては鏡によって反射しなければいけなかった。

リリアンは、大きな鏡と鏡の間で演奏していた。リリアンの暴力性は鏡の反射によって弱まっていた。

鏡の中の庭は完璧な霧によって磨かれていた。芸術と技巧が庭で息づいていて、庭は鏡の中で息づいていて、真実と暴露のすべての危険は追い払われていた。

家と庭の下に地下通路があり、もし爆発の前触れの地響きを誰も耳にしなかったら、戦争や革命の形ですべてが噴出するだろう。

屈辱を受けた者、敗北した者、抑圧された者、奴隷扱いを受けた者。女性の悪用されてひねくれた力も……

II　パンとウエハース

ジェイはしゃべっているか絵を描いている時以外は、歌っていた。小声で又は大きな声でその時の都合に合わせて歌っていた。リズムに合わせて服を着たり食べたりした。その大きな体で原始的な儀式を行っているかのように。古典的な彫刻家が最後まで彫り上げなかったような彼の体は、彫刻されるもとの木や石から完全に分離していないかのようにその輪郭がごつごつした感じだった。そのあらい感じは焼き物の窯に入れられる前の土でできたものの表面に触れているようだった。

彼はかなりの動物的な要素を持ち続けていた。歩いている時の優雅なぎこちなさ、筋肉の緊張に合わせた力強いリズムを刻む動き、体を伸ばしたり、あくびをしたり、リラックスしたり、どこでも寝たり、体のすべての衝動に従うような動物が好む動きをした。神経も緊張も無い身体だ。

彼がしっかり踏ん張って足を開いて立っている時、木のようにそこにすぐ根をはってしまうのだった。今のようにパリを情熱的に愛してカフェや彼のアトリエやリリアンとの暮らしに根をはっていた。

自分がいいと思えばどこでもいいのだ。まるで彼の体の生きている根がどんな地面でもどんな時でもどんな空の下でも伸びていけるかのように。しかしながら、彼の好みは、人工的な照明や人ごみへと向かっていた。彼は人々の流れの真ん中でこそ、一番成長してしゃべって笑うことができた。

彼が待っている時は、その時間を爆発的な歌で埋めたり、熱心な観察にはまったりした。街の光景は彼にとって十分だった。そこにあるものがなんであれ、彼には充分だった。彼の満足度は無限だった。

質素な食事が出されると彼のマジックが始まる。このステーキは素晴らしい。なんてうまいんだ。すごくうまい。それから玉ねぎ……彼は喜びの声をあげた。新しい調味料のように食べ物に彼の情熱をふりかけた。ステーキは、彼の熱の温度で輝き始め、大きくなり倍になった。すべての料理は愛情深い感謝で包まれた。まるで下から火をあてられたままテーブルに持ってこられたように。クリスマスプディングのようにラム酒の炎が燃えていた。

「うまい。うまい。うまい」と彼の口が、紅潮したほほが、何度もうなづいている頭が、声が、言っていた。すべて、素晴らしいという表現を付け加えながら。まるで彼が喜びを拡大するボタンを押しているように。そして、様々な色が野菜や肉、サラダ、チーズ、ワインからはじけていた。パセリまでもがバースデーケーキのろうそくのようにお祝いの雰囲気をまとっていた。

「あぁ、あぁ、あぁ、サラダだ！」彼は言った。オリーブオイルと一緒にクリームのような声をそこに注ぎながら。

彼の喜びはプライド高いシェフの白い帽子をかぶり、色々な味の楽しい音階をかなで、晩餐会の高級なセンスでパンとワインを飾っていた。

おしゃべりも度を越えていた。彼は議論を始め、火をつけ燃え広げる。しかし、あまりに堅苦しくなるとその瞬間彼は笑い始め、水をまいて楽しさの流れにすべてを液状にしてしまうのだった。

笑っている。また笑っている。「あなたの事を笑っているんじゃないよ。誰かの事を笑っているんでもない。笑わずにはいられないんだ。どうでもいいんだけどね。誰が正しいかなんて全く気にしない。」

「でも気にしないといけないんじゃないかな。」フォースティンは、言った。彼の顔を完全に静止している悲しみの固い表情を通してしゃべっていた。閉じられた口を通して言葉が出てくるのは驚きだった。「気にしないといけないんだ。何かにはこだわらないと。」

「こだわったことはないな。」ジェイは言った。「なんでこだわる？　しがみつくものは全部死んでいくよ。コレットが来た。ここに座って、コレット。今日の取り引きはどうだった？　コレット、ここにいる人達はこだわりについて話しているんだ。こだわらないといけない。気にしないといけないって。何かこだわっている、コレット？　何でも川のように流れているよねえ。同じものが常に浮き上がってくると驚くよね。驚いて飽きるかもしれない。流れはいいね。自分の中にとどまって癌になったりしないから。流れて洗い流すのはきれいになっていい。」

こう言って彼はペルノーを思いっきり飲んだ。アブサンや思考、感情、語りの流れがのどの渇きによってだけ導かれ、毎日通り過ぎ変わるのだとでも言うように飲み干した。

「酔ってるのね。」コレットは言った。「意味わからない。」

「酔っぱらいと狂人だけが筋が通っているんだよ、コレット。そこは君がまちがっているな。酔っぱらいと狂人だけが混沌のために不必要なものを捨てる。混沌の中にこそ豊かさがあるんだ。」

フォースティンはサンスクリットの教師のように指で上を指しながら言った。「もしそんな風に突き進んだら、いろんな方向に向こう見ずに流れていって、誰かがあなたのことを面倒見ないといけなくなる。誰かの世話が必要な人だ。だって、あなたのは本当の自由じゃない。自由の幻想だ。もしかしたら、ただの抵抗かもしれない。混沌は他の人よりもっと安全に囚われることができる最もいいわなになってしまうんだ。」

「面倒を見る」ということばに、ジェイは自動的にリリアンを見た。その目の中に彼の羅針盤である変わらない愛を読み取った。

フォースティンがカフェにいる時は、会話がゆっくり上昇することなく、いつもピラミッドのてっぺんから始まるのだった。形式の問題から始まったり、存在と生成だったり、人相学、運命対事象、菌類の時代の到来、中央の脳、第三の月だったりした。

フォースティンは、建設するために話をした。一回のおしゃべりは、ていねいな建築のための完全なれんがでなければいけないと主張した。彼はいつもテーブルの上の大理石やテーブルクロスに図面を描き始めるのだった。これが我々の最初の建物で、これが二番目、さあ、これから三番目の建物にかかるよ。テーブルの上に建築のようなものを作るとすぐに、ジェイの目がアブサンの光でぎらっと光った。それは、本当は酒のためではなく、酒がはぎとって現れたジェイの存在のある一部だったのだが、強く残酷でいたずらっぽかった。彼のことばは、ばねの壊れた機械が無茶苦茶に動くように破壊し始めばらまかれた。結晶化というものをすべて拒否する彼の論争好きな核の部分からことばがほとばしっていた。

話が明白な結論にさしかかると、それは毎回起こった。毎回何かの意味が混乱から引き出されてきた。それはまるで、理解する試みは生命の流れや彼の楽しみに対する脅威だと彼が感じているかのようだった。理解すると無秩序な流れの脅威になったり、止めたりすると思っているようだった。

彼らはサン・ラザール駅の向いの小さなカフェで食事をしていた。道に向かって広く開いているレストランだ。彼らは歩道の上で食べていて、行き交うたくさんの人と一緒に食べたり飲んだりしているようだった。

リリアンは一口ずつほおばり、のみ込むと、町の騒音も呑み込んだ。人々の声やこだまも。ろうが垂れたろうそくの芯に灯された火のようにさっと過ぎた人々の視線も。彼女は一つの大きな体のうちのたった一本の指だった。飢えてのどが渇き、貪欲な体の。

彼女ののどを落ちて行くワインは、世界ののどを通り過ぎていた。昼の暖かさは彼女の胸の上に置かれた男の手のようだった。街のにおいは、彼女の首にかかる男の息のようだった。川に洗われていく野原のように街に向かって広く開かれていた。

カトル・ザール祭に行く途中の芸術大学の学生の叫び声や笑い声が響いていた。羽や宝石をつけたエジプト人やアフリカ人の格好で、茶色に塗った体に汗が光っていた。彼らはバスに乗ろうと走っていた。光った肉体のうねる海のようだった。色のついた羽と未開の国の宝石の間で、彼らが笑うと筋肉が盛り上がっていた。

何人かが叫んで笑いながらレストランに入ってきた。彼らは杭に縛り付けた人間の回りを踊る野蛮人のようにテーブルの回りをぐるぐる回っていた。

手回し風琴がアルミ箔をなでるようにカルメンを奏でていた。

*

同じレストラン、次の夏の夜、ジェイはそこにいなかった。ワインがリリアンの喉を通って行くのをやめた。味が無くなった。食べ物は豊かに見えなくなっている。以前は気づかなかった緑の垣根で街はレストランと切り離されている。騒音は彼女から遠くに、人々の顔も離れた所に行ってしまった。すべてが今や外側で起こっていて、彼女の体の中には何も無かった。何もかもが遠く離れていて、彼女の内側に流れてくることはなく心を奪うこともなかった。

なぜならジェイがそこにいないから？　ワインを飲んだり食事をしたりしていたのは彼女ではなかったという意味なのだろうか。彼の喜びや食欲の毛穴を通して食べたり飲んだりしていたのだろうか。彼の好みや欲望や喉を通して彼女の喜びや食欲を受けとめていたのだろうか。

その夜彼女は夢を見た。ジェイが彼女の鉄の肺になっていた。彼女は彼の内側に横たわっていて、彼を通して息をしていた。大きな不安を感じていて、もし彼が去ったら私は死ぬと考えていた。ジェイが笑うと彼女も笑った。彼が楽しんでいたら彼女も楽しかった。しかしずっと恐怖を抱えていた。もし彼が彼女を捨てたらもう食べることも笑うことも息をすることもできなくなるだろう。

彼が友達を招いてグループの中で楽に過ごし、人生のすべてを受け入れていた時、彼女は彼を通してこういう、引きこもるということが全く無いオープンな気分を経験した。一人でいると彼女は、生と人間を深く受け入れて行くのを邪魔する何か収縮する感じをまだ持っていた。彼に運命をゆだねることでそういう感覚が取り除かれたと思っていた。

時々、ジェイの自由に恋をしたのかなと思った。彼女を自由にしてくれると夢見ていた。しかし、なぜかそれは彼には不可能だった。

夜は、人食い族に捕らわれた感じがした。

彼の欲望。彼女の感情を贈り物として捧げた。彼女の肌の反応、彼についての彼女の考え方、意識を彼は貪った。新しい場所、新しい人々、新しい印象を呑み込むように。彼の巨大なむさぼる魂は本質を探していた。

常に彼によって吸収されてしまう彼女の全体、すべての変化、崩壊と再生、これらすべては彼の人生の流れ、芸術に取り込まれたのかもしれない。川に流される木の枝のように吸い込まれて。

彼は巨人の時代の欲望を持っていた。

彼は最も分厚い本を読み、最も巨大な絵に取り組み、放浪では最も広い縄張りを持ち、最もいかめしい思想を攻略し、最も多くの作品を生み出すことができた。彼は何も排除しなかった。すべてが糧だった。とるにたらない事やたわいないものも食べたし、はかないものも繊細さに欠けるものも、壁にひっかいたものや通りすがりの人のことば、顔の欠点、窓から流れてくる色あせたソナタ、ベンチの上の乞食のいびき、ホテルの部屋の壁紙の花、階段のキャベツのにおい、サーカスの馬の曲芸師のお尻まで。彼の目は詳細まで観察し、彼の手は飛び跳ねてつかもうとした。

彼の体は全体が感覚の鋭いスポンジのようだった。好奇心を持った何百万の細胞で飲んだり、食べたり吸収したりした。

彼女は彼の欲望の巨大な口に捕まったような気がしていた。落ちて行く彼に溶けて裂けた自分をさらしていると感じていた。彼の暗い欲望に身を任しているると感じていた。自分の感情はくすぶっていて、黒魔術の煙のように彼女から立ち上っているようだった。

私を持って行って。あげるから。私の才能と気持ちと体と悲しみと喜びと、私の服従と譲歩、恐怖と諦め。欲しいものすべてあげる。

まるで彼女が燃料のように体の中に入れておきたいものみたいに彼女を食べてしまった。まるで日々の栄養のために必要な食べ物のように彼女を食べてしまった。

彼女はすべてを彼の欲望と飢えのために開いている口に放り込んだ。彼女が知っている事、経験した事、与えた事すべてを投げ込んだ。彼の空腹を満たすためにすべてを集めた。彼女は過去に行き、過去の自分を持って帰り、現在の自分と未来の自分を取り出し、彼の好奇心の口にそれらを投げ入れた。彼の貪欲な疑問の前に投げつけた。

アトリエにホテルのネオンサインの赤いライトが入りこんでいた。赤い井戸。体を電気が走るような蹴られるような、音が鳴り響くような、何かが急速に通って行く感覚。ドンドンと叩きつけ、機械的な激流のような圧力で荒い息になる。前後に揺れながら、前に後ろに。揺れる。スイングする。ベッドのような静けさと夏の木の葉の柔らかさ。転がる。回転する。

つかむ。包み込む。蒸気。湯気で曇る。巨大な油まみれのどらの上の機械が蜂蜜を生み出す。夏の木の葉のベッドの上の蜂蜜の川。小舟が湖の水面を切るように進み、さざなみは髪の毛の先や足の指の根まで届いていく。

彼と泳いで揺らされるこの感情の海より強大な海は無く、欲望の波のような波は無く、喜びのあぶくのような泡も無い。肌や愛撫の流砂より暖かい砂も無い。欲望の太陽より力強い太陽も無ければ、青い喜びに溶けてしまう彼女の拒絶のような雪も無い。肉体のように豊かな場所は地球には無い。

彼女は眠り、トランスに陥り、意識を失い、又新しくなり、祝福され、喜びで貫かれ、あやされ、焼かれて、消費され、浄化され、生まれて、夜の鯨の腹の中で生まれ変わる。

＊

一緒に生活を始めた頃、彼はいつも子供時代に戻っていた。彼女の手に昔の旅の思い出の品を預けるように。

すべての愛の初めにはこういう過去への旅が行われる。すべての愛する人が持つ、相手に最初から違う自分全部を与えてみたいという欲望なのだ。

ジェイの最も鮮やかな記憶は両親の裏切りだった。

「六歳の時、新しい戦艦がブルックリンの海軍造船所に入ってきたんだ。僕以外の近所の男の子はみんなそれを見に連れて行ってもらってた。みんなが細かいところまで何回もその話をするから自分も見に行ったように錯覚するくらいになってね。父親に必死に連れて行ってくれって頼んだけど、何度も行くのを延期されたよ。そうしたらある日、父親が手と耳をきれいに洗って一番いいスーツを着ろって言ったんだ。戦艦を見に連れて行くよって言って。僕はそれまでにした事がないくらいの勢いで顔を洗ったよ。父親の隣をかっこよく、プライドいっぱいに、歓喜の絶頂で歩いてた。ずっと、これから見る大砲の数とか丸い舷窓の数とかをしゃべりながらね。父は明らかに興味を持って聞いていたんだけど、見に行かずに医者に連れて行って、僕の扁桃腺の手術をさせたんだ。その痛さは、何百万倍にも倍増されちゃったよ。幻滅と裏切りのショックでね。それと僕の夢と期待とその手術の残酷な現実の暴力的なギャップで。」

この話をする時、彼はいまだにその騙されたショックを感じていて父親を許していないというのはリリアンにははっきりわかっていた。その願いの強さは彼の子供時代の貧しさのためにさらに大きくなっていき、戦艦を見に行くという事が一年中彼の遊び友達がその話をし続け簡単には忘れられない特別なできごとになってしまったのだ。

「あるとても寒い雪の夜に母親と僕が川の方に歩いていたんだけど、僕はとても小さくて、五歳だったかな。母がものすごく速く歩くんだ。やたらに寒くて特に手が冷たかった。母はマフを持っていてね。ときどき彼女は右手をマフから出して僕の手をつかむんだよ。道を渡る時だけね。彼女の手の暖かさで僕の体全体が暖かくなったよ。でも彼女は又僕の手を離して自分のマフの中に両手を入れるわけ。泣けてきたね。僕の手もマフの中に入れたかったけど、母は入れさせてくれなかった。涙が出てきて、すごく腹が立ってきた。まるで生きるか死ぬかの問題みたいに。たぶん、それほどの問題だったんだ。僕にはね。その母の手のぬくもりがほしかったんだね。もっと激しく泣いてマフをもっと引っ張ると、母はよけいに厳しくなった。ついに僕の手を叩いたんだ。マフから手を離すように。」

これを話している時、彼の青い目は取り返しがつかないくらい怒っていた子供の目になっていた。リリアンは、彼の目を通して、望遠鏡を反対から覗いたように小さくなったジェイが怒っていて寒くて気持ちをくじかれて、母親のマフにその青いこごえた手をのばしているのをはっきり見ることができた。

このイメージは、女性であるリリアンに伝えられたのではなく、彼の怒りと幻滅を分かち合い理解できる彼女の中の敏感に反応する子供の部分に届いた。女性の体と女性の顔でそこに座って聞いている一人の女性の外側の層を通してしみていくようにその話を受け取ったのは、彼女の中の子供だった。しかし、この反応についてはジェイが見えるような外側での兆候は無かった。彼女の中の子供はあまりに深く閉じ込められていた。とても深く埋められていて、その存在や反応の証拠が明らかにされていなかった。

女性としての同情しか表していない彼女の目を通しては、その存在が目から合図を送るとか、身振りを変えるとか、話を聞いている女性のポーズを変えるということはなかった。彼女は、一人の子供の話を聞き、自分の身の丈は変えないで小さい彼のことを見ていた。この瞬間ジェイのように彼女も大人の女性の体をすり抜け、自分の中の子供の顔や目や動きを見せてしまうこともできたのに。そうすれば、ジェイは、それを見て自分自身の子供時代を通じてコミュニケーションしたり触れ合えたりしただろう。その子供はもう一人の子供と出会い、似たような事を必要としていたとわかっただろう。

彼女の態度からは、過去の彼への回帰に一緒に行こうとはしなかったようだ。彼女があからさまに彼に伝えていたことは、彼女は自分の中の子供とは決別しているようで、彼の厳しい母親の代わりになってマフや暖かい手を差し伸べることができるということだった。

その時、彼女は、彼の目の中に永久にしっかりと、同じように欲しいものがあるもう一人の子供ではなく、彼の欲しいものすべてを与えられる力を持つ彼より強い人間として映った。

これからは力の不均衡が見られるだろう。彼はこごえて空腹な人間で、彼女はマフと温かい手を持つ者だ。

これからは、彼女の必要なものは、こういう役割を果たすのにただ邪魔になるというだけで隠されて葬られ、永遠の沈黙を強いられるのだ。

マフの役割として、彼が騙されて見られなかった戦艦の代わりの多くの戦艦をもたらす者として、彼女の行動ははっきりと方向づけされた。彼に与えるものは、すべてのレベルにおいて、本から毛布、蓄音機、万年筆、食べ物まで、常に永久に彼が夢に見て目にする事が出来なかった戦艦の代わりだった。それは、騙された子供への負債を返していく行為だった。

リリアンは、その時、この負債への返済ができると信じている人間が底無しの井戸を見つけるとは思ってもみなかった。子供時代に拒絶される行為は復讐したくてもどんなにたくさんの量を与えられてもなだめられないという宿命だから。すべての子供や犯罪者にこういう確信がある。どんな報復も傷つけられたことを修復できないということを。一度飢餓を味わった男は、一回だけ盗みを働いて世の中に復讐するわけではない。あるいは必要なだけ盗むのではない。世の中から果てしなく徴収をする、かけがえのない何かへのつけとして。それは、失われた信頼なのだ。

子供時代を思い出す時の暗闇に現れる小さくなったジェイは、傷つけずに彼女の中の怯えている彼女自身に近づくことができる人物だ。男としての人生を再開する昼間に現れる自己主張の激しいどちらかというと容赦ないジェイよりは。小さい自分が酒場に父親を呼びに入る時、押して開けなくても入れたのだと彼が語る時、リリアンには彼女の視野の範囲ではこの小さい人物のほうが取り込めるという感じがした。素早い水銀のようにあまりに多くの方向に流れて行ってしまう性格を持った、向こう見ずで、一定の形を持たず、変幻自在なジェイと比べると。ジェイが遊びに外に出た時の激しく荒っぽく空腹だった様子を語ると、リリアンには彼が同時に今、夜に彼女を一人残して外出した時の激しさや荒っぽさを説明しているように見えて、現在の彼が奇妙に無邪気に思えた。

彼が他の女性への衝動についてしゃべる時、官能的に女性と楽しんだ一人の男の表現にならないで、行動が完全に制御不可能になった陽気で手に負えない子供のようだった。それはもはや不義ではなく、子供っぽい、「外に出て遊びたい」という必死な熱意になっていた。

彼女は現在の彼に、無力感から征服したものを自慢しなければならない、尊敬されてたくさんの友達を獲得しなければいけない、そういう子供を見ていた。そうすると、彼女の中の彼が遠くに行ってしまったと感じる不安を和らげることができた。

たまに彼女が反抗すると彼は完全に戸惑っていた。まるで彼の行動には彼女を傷つけるものは何も無いとでもいうように。彼女はいつも最後には罪悪感を感じていた。彼は愛するために彼自身のすべてを彼女に与えたのに。あの子供も含めて。だからノブレス・オブリージェの感覚で、彼女は彼の厳しい母親のようには決してなれないのだ。

彼は、硫黄色のペルノーを見つめて飲んだ。彼は話を聞いてくれる人なら誰のためにでも自画像を描く気分になっていた。誰かが彼の絵を酷評したり、期日の過ぎた借金の催促をしてきた後、いつもこうなるのだ。

それからジェイはペルノーを飲み、話をした。僕は貧しく生きることを選んだブッダみたいなものだ。最初の妻と子供は宗教の生活の為に捨てた。今は、信者たちがくれる茶碗一杯の米に頼って生きてる。

「何を教えるのですか？」ジェイの回りに伝線していく明るさに影響を受けない若者が質問した。

「すべての苦しみが存在しない生活だよ。」

しかし、ジェイとリリアン二人を一緒に見ている傍観者にとっては、リリアンは、彼にふりかかる攻撃をそらそうと注意をはらっていて、すべての悲しみはジェイが取り除く秘訣を見つけたのではなく、結局単に彼が彼女に押し付けたようだと見えていた。彼の弟子たちは、彼のような人生を送るためには自分たちもリリアンのような人を見つけなければいけないといや応なく悟っていた。

「僕は指導者じゃないよ」とジェイは言った。「ただの幸せな男だ。こういう状態にどうやって到達するのかは説明できないけどね。」彼はうれしさで自分の胸をたたいた。「一杯のご飯をくれたら、君を僕と同じように喜びでいっぱいにしてあげるよ。」
これでいつも夕食の招待にあずかれた。

「心配することは何も無いよ。」彼はリリアンに言っていた。「いつも誰かが夕食に招待してくれるんだ。」

夕食のお礼にジェイは、自分の人生の方法へのツアーにガイドをしていた。彼の気分に乗っていけなかった人は船外に出てもいいのだ。彼はリーダーではなかった。他の人たちは徐々に学べばいい。

しかし、これは単に彼の自画像の一つだったのだ。日によっては、自分を無責任と潔白を表現する笑いの絶えない男として見せるのを嫌がり、偉大な野蛮人になる時もあった。こういう気分の時、彼は戦士たちや侵略者たち、略奪者たち、凌辱者たちを褒め称えたりした。暴力を信望しているようだった。自分を流血によって世界の不道徳に報復するアッティラ大王だと思っていた。彼はそういう時自分の絵を一種の爆弾のように見ていた。

彼は喋っている時、自分が教えた事について質問してくるある若者にいら立ちを覚えた。ジェイは彼がずっと部屋を行ったり来たりするのだが、端から端まで全体を歩いてないということとに気づいたからだ。この若者は大きく五歩歩くと機械的に立ち止まり、そして、ロボットのように向きを変え戻って来るのだ。その神経質な衝動が気に障り、ジェイは彼を制止した。

「座ってくれないかなあ。」

「すみません。ごめんなさい」と彼は言って急に立ち止まった。彼の顔に不安な表情が広がった。「あのう、僕は刑務所を出たばかりなんですよ。部屋の中では五歩しか歩けなくて。それ以上は無理だったんです。今は大きな部屋にいると落ち着かなくて。どんどん歩いて行きたいし、広い所に慣れたいんですけど、同時にそれ以上歩いてはだめだと感じてしまうんです。」

「昔の友達を思い出すよ。」ジェイは言った。「彼はとても貧しかったが、すごくいい画家だったんだ。追い詰められた人生から抜け出せるところだったのに。ルーエの袋小路に住んでいて、たぶん知っていると思うけど、そこは病院か、精神科の施設か、墓場に行く一歩手前の場所だよ。中庭からずっと奥まった家の一つにいて、そこは独房のようなアトリエが並んでた。家に何の暖房も無くて、窓もほとんど割れてて風がびゅうびゅう吹き込んでいた。ストーブがあってもほとんどの家は石炭が無かった。ピーテルのアトリエは、しかも他とは違う形状だった。窓は無かったがドアの上の明り取りがあった。ドアは中庭に向かって開いていた。ストーブは無くて、ベッドもスプリングが下のマットから突き出していた。シーツはかかっていなくて古い毛布だけ。もちろんドアベルも無い。料金を払えないから電気も無いしね。ろうそくを使ってたんだ。ろうそくを買う金が無い時は肉屋から脂をもらって燃やして使っていたよ。管理人は、ばあさんのたこみたいで、男の声と詮索好きなたこ足でみんなをあっちこっちで捕まえていた。ピーテルは、立ち退きを言い渡されるのを恐れていたんだけど、いい考えがうかんだ。知ってると思うけど、毎年、外国の政府が最高の絵画、最高の彫刻に賞金をくれるんだ。ピーテルは、友達がいるオランダ大使館からくわしいパンフレットを手に入れた。それを管理人に持って行って、説明したんだ。その一、彼はパリに住んでるたった一人のオランダ人画家だ。その二、賞金は五十万フランで、オランダ人が製作した最高の絵画に送られる。管理人は十分頭が良かったので、意味を理解した。一カ月家賃を待ってやるという事と、絵具と彼の部屋の壁くらい大きな絵を描く間に吸うたばこのための金を貸してやるという事に同意した。彼はその代わり、賞金で、彼女に年をとってから住む庭付きの田舎の小さい家を買ってあげると約束した。それで彼は一日中絵を描くことができるようになった。春だった。彼はドアを開けっぱなしにしていた。管理人は中庭に座り、太った赤い手を膝に置いて彼の一筆一筆が自分の家を庭になっていくんだなあと考えていた。二カ月後、彼女はいらいらしてきた。彼はまだ絵を描いていたが、それだけでなく食べて、たばこを吸い、食前酒を飲み、時には八時間以上寝ていた。ピーテルは大使館に走って行き、公的な呼び出しをしてほしいと友達に頼んだ。友達はなんとかオランダ王室の紋章のついた公用車を借りて表敬訪問に来た。これで確実に彼女から一カ月かせげた。夜ごと彼らは一緒にパンフレットを読んだ。「賞金は、審査員がその価値を定めてから一週間後に現金で支払われる。」管理人の幸福感は人に移って行った。建物全体が彼女が優しくなったことに恩恵を受けていた。ある朝新聞が実際に賞金を獲得した本物のオランダ人画家の名前と写真をのせるまで。彼女は何の警告も無しに台風に変化した。ピーテルはドアに鍵をかけた。彼女はいすに上って、明り取り窓から中を覗き、彼が寝てたりよっぱらっていたりしないか確かめた。恐ろしい事に彼女は死体が天井がつるされているのを見た。首をつったんだ！　助けて！　と彼女は叫んだ。警察がドアをこじあけた。上を切って降ろしたのはピーテルによってしっかり描かれたぼろを着せられた蝋人形だった。

「面白い事にはね。」ジェイは一呼吸置いて言った。「その後彼には運が向いてきたんだよ。身代わりの人形を吊るした時、負け犬だった自分を殺したみたいだね。」

お客さんは帰って行った。

そして、彼の中の大笑いは、静けさの海にのみこまれた。彼の声は柔らかくなった。彼は嘘っぽい役割を愛したように、悪ふざけや変な態度をやめてリリアンの信頼の白い熱で結晶になるのも愛しているのだった。

いろいろな身振りやおしゃべりがやむと、急に彼は又新しい気分を誕生させた。狂信的な哲学者風で、アトリエを歩きまわり流れるようにしゃべりながら、時折こぶしでテーブルに一撃を加えて中断する。神経質そうでしなやかな動きをしながら、彼はまきにくべられた葉っぱが灰になることなどないというように様々な考えを作り出していた。

そして、すべての言葉や考えや記憶が百もの凧の糸のように引き寄せられた。彼は言った。

「さあ、働こうかな。」

リリアンは、彼が変身するのを見た。半分開いていた口が考え込んだ様子で閉じられ、ばらばらになったおしゃべりが結晶になった。簡単に揺らいだり捕まったり動かされたりするこの人が今自分の力をまとめようとしている。その瞬間彼女は彼に大人の男を見た。単に無謀に楽しんだり、怠けたり、放浪したりするように見える人が深いところではひどく真面目な目標を持っているというのがわかった。彼がこれまで集めた豊かな材料に命を吹き込むということ。彼の芸術家としての激しい欲求で吸収してきたものを世界に返還していこうというのだ。

空気の中に、彼の良く響く声のこだまと彼の語る熱い息と打ち付ける身振りの振動が残っているだけだった。

彼女は立って世界に向いているアトリエのドアに鍵をかけた。目に見えない長いかんぬきを掛けた。錆びていないシャッターを閉めた。静寂。彼女は、仕事へは向かって行かない、あるいは世界に与えたり明らかにしない、ジェイの雰囲気や手触りを自分の中に閉じ込めた。彼女だけが見たり理解したりできることだから。

＊

リリアンが眠っている間にジェイは、散り散りになった自分をかき集めた。この時彼の動きには意図があった。絵の具のチューブをしぼる動作には、激しさがあった。絵の具はよく間欠泉のように噴き出して、無駄になったり彼の服や床にしみをつけたりした。小さな爆発で出てきた絵の具がキャンバス上で大きな爆発を起こした。

その爆発は世界全体を映す原因にはならず、壊れた世界の断片が現れた。肉体、物、都市、木々や動物がみんな裂けたり、穴が開いたり、突き刺されていた。

それは実際大虐殺の光景だった。

肉体は、バラバラにされ、それぞれの部分は置き場所を間違っていた。広範囲の分散で、目はそれが全く見た事が無い体のところに置かれ、手や足が顔の代わりにされ、顔は四面あり、その間に一つの空間があった。重力は失われ、パーツごとの関係はアクロバットのようだった。肉はゴムや木の肌になり、骨は羽根になり、内部の生命である細胞、神経、筋は、外科医がただの興味で切開して縫い合わせる気がないとでもいうようにむき出しになっていた。彼の画家としての突撃は、現実の様々な暴力的な色に開かれむき出しになり、バラバラになっていた。

彼が爆発し、解体や崩壊を描いた活力は、彼のエネルギーが良く知るものを見知らぬ部品に壊してしまうものでもあり、人々が彼の絵がたくさん掛けてある部屋に入った時、出産の行為によって心打たれるように、そのばらばらの輝く破片の力に驚くのだった。人々は爆破された世界の壊れたかけらだけに感動しているとはわかっていなかった。その爆発の力、重さ、密度や輝きは抗い難いものだったのだ。

失われたパーツ、肉体や動物のはぐれたかけらは、頻繁に病気によって肥大したり余計なものをつけたり、熱帯の木に見るような息がつまるような苔や生まれ出ることが無いまゆやフジツボや寄生植物をくっつけていた。

それはジェイの独特な自分のジャングルであり、そこでは昆虫や動物の盲目的な戦争が人によって続けられていた。紛争の暴力は、人の肉体をゆがませる。恐怖は、からまった木の根のようなねじれた筋肉を作り出し、矛盾が、生き物をそれぞれ二つの命を求める二つの分かれた部分に切断した。その全体のドラマは時によどんだ沼や化石の森で起こっていて、一人の人間が他の誰かへの脅威になっていた。

それらを又溶接するなりしてくっつける事ができる物質は無かった。肉体を貫通している修復不能な穴が開けられていて、心臓の場所にはゴムのポンプか時計があった。

これらの地獄の外に出た優しく微笑んでいるジェイは、彼の絵の世界からリリアンの部屋に移る時、不安からのかすかなおののきをいつも感じていた。彼女が起きていたら彼が何をしていたか知りたがった。そして彼女は常に必ずショックを受けるのだった。彼女の内なる悪夢のイメージがむき出しになって鏡を見た猫や子供のようにショックを与えた。常に張り詰めた静けさの瞬間があった。

彼女の存在の内部に持っていた敵意の底から彼女の体は見えない衝撃だけを感じてきた。その衝撃は今やはっきりとイメージを与えられたのだ。

ジェイは、いつも彼女の反応に驚いた。リリアンがキャンバス上の戦いの延長になっていたからだ。その頃には彼は暴力を離れて単純で何者でもない優しい態度の男になっていて、直に人々への暴力を再び続けて実行しているのは彼女だったからだ。

しかし、リリアンは、自分がそんなことをしているとはわかっていなかった。

ジェイはこんな風に言う。「みんなとけんかしないでほしいなあ、リリアン。」

「じゃあ、こんな恐ろしいものを描かないでほしいわ。どうして、フォースティンを頭無しで描いたの？　彼が一番自慢に思っているところでしょ。彼の頭は。」

「それこそ彼が捨てないといけないところだからだよ。生きるために。君も彼が嫌いだろ。この前の夜、彼が帰らないといけないような感じでコートを彼に渡したのはなんで？」

日中は彼らはお互いを否定していた。夜は彼らの肉体がお互いよく知っている物質である火薬であると気づいた。そして二人は仲直りした。

朝になると、朝食のためにパン、バター、ミルクを買いに出るのは彼だった。その間に彼女はコーヒーを入れた。

彼女が夜アトリエの鍵をかける時、彼女は不安を締め出した。しかし、ジェイが緩い朝の仕事着に着替えて口笛を吹きながらのんきそうに外に出た時、又鍵をかける癖があった。そしてその間に不安がまた入り込んでくるのだった。


かれはどあにかぎをかけてる……わたしがここにいることをわすれている……


そんな風に彼女は解釈した。彼が彼女を一度受け入れたら、そのたびに新しく彼女を捨てるという風に感じていたから。どんなつながりも彼とは永遠ということがなかった。だから彼はドアに鍵をかけ彼女がそこにいることを忘れ、彼女を捨てた。

彼女がこのことをジューナに告白すると、リリアンにずっと反解釈の中国語辞書を書いているジューナは、笑って言った。「リリアン、彼がひとり占めするためにあなたを部屋に閉じ込めたんだって考えたことある？」

＊

リリアンは、ジェイがアトリエを出て行く時の自分の感情に対して正確だった。彼は、彼女との関係を切り離していたのだ。彼女だけでなく自分自身も切り離していた。

彼は街に歩いて出て、街の一コマになっていた。彼の気分は街の気分になった。彼は溶けてしまって、目、耳、微笑みになった。

都市が障害者だけを浮き彫りにする時がある。片足の男を乗せるためにバスが歩道すれすれに止まらなければならない時。足の無い男が上半身をボードにのせて両手で進もうとしている時。ピンクの首の固定金具で頭を支えている時、盲目の人が道を教えてもらっている時。そして、ジェイは、すべてを見て吸収し彼らを描こうと思っている。ベンチに至福の笑みを浮かべて酔っぱらって座っている男たちを除いて世界中のすべての障害者たちを破壊して描いてしまうだろうけど。この男たちは彼の父親なのだ。たくさんの父親を持っている。彼がそんなにたくさんの人を父親だと見てしまうので。

我々は百人の父親と母親と恋人をみんな取り替え可能にして持っているよね。そこはリリアンにとっては欠点だ。彼女は、ただ一人の母、一人の父、夫、恋人、息子、娘しかいなくて唯一無二、入れ替わりがきかない人達といる。彼女の世界は小さすぎるんだ。今目の中に稲妻を持ってた若い女の子が通り過ぎた。あれは私の娘だよ。失った娘の代わりに彼女を自分の娘として家に連れて帰ることもできるよ。世界は父親だらけだ。父親が必要だったら、立ち止まって話しかけたらいい……船長の帽子をかぶっている白いひげのこの人とか……

「たばこが欲しいんですか、船長?」

「俺は船長じゃないよ、だんな。外人部隊だったんだ。ひげでわかると思うけど。吸いさしが一本か二本無いかな。吸いさしの方がいいな。独立しているつもりだから。吸いさしを集めてるんだ。たばこは施しだろ。俺はホームレスで、乞食じゃないんだよ。」

彼の足は新聞紙でくるまれていた。「静脈瘤ができててね。冬は痛いんだよ。あそこの修道院で尼さんと暮らしてる。面倒見てくれるんだ。でも毎朝六時に鐘の音で起こされてきっちり十二時に昼ご飯を食べて、また七時に食べて、それで九時に寝なきゃいけない。まあましにやってるよ。独立してるのが好きなんだ。」彼はパイプに吸いさしを入れた。

ジェイは彼の隣に座った。

「尼さんは悪くないよ。古いパンの耳をゴミ箱から拾ってきて病院に売るんだ。妊娠した女たちの施しのスープに入れるらしいな。」

「なぜ、外人部隊をやめたんだい？」

「従軍してる時、知らない名付け親の女から手紙を受け取ったんだ。どんな手紙だったか、だんな、想像できないと思うよ。あっちで、砂漠で何度も読んでボロボロになったからもう持ってないけど。すげえあったかい手紙だったから、もし寒いところで戦争してたらその手紙で手があったまっただろうって思うくらい。手紙ですごく幸せになったから、初めての休暇で彼女の居所を探したんだ。これがまた大変な仕事だったんだ。住所を書いてなかったからな。彼女は小さな荷車でバナナを売ってて、いろんな橋の下で寝てる暮らしだったよ。休暇を彼女と座って赤ワインを飲みながら過ごしたよ。いい暮らしじゃないか。それで部隊を捨てたんだ。」

彼はもう一度たばこを断って、ジェイは歩き続けた。

鉄のプレートに道の名前が書いてある。ドラン通り。ドラン通りは彼の中で分解していく。ドロラス（悲しそう）、ドリエンテ（病気の）、ドゥラー（痛み）。そのプレートは、監獄の壁に釘で打たれてかかっている……万里の長城の壁に、我々の混沌、我々の謎に、ジェリコの壁に。我々の宗教、我々の罪悪感に。嘆きの壁に。パリの監獄の壁に。すすけて埃でおおわれた壁。どんな脱獄者もこの壁はくずせなかったのだ。ドラン・ドリエンテ・ドゥラー通りに激しく傾いている最も黒くて長い壁。この通りは壁のこちら側の自由があるのだが、パリで最も悲しい道なのだ。壁の向こう側は怒りや反抗、暴力の瞬間に犯罪を犯した男たちがいる。一方こちら側の灰色のやからは、憎んだり反抗したり大っぴらに殺したりするのを恐れている。自由な壁のこちら側では、鉄の棒を心に足の上に石を置いて歩いたり、強迫観念の足かせをつけている。自分たちの弱さ、自らが招いた病気の囚人、奴隷たち。看守も鍵も必要無い！　彼らは自分たちから決して逃げられない。彼らは、他人を見えない無気力の死の光線によって殺しているだけなのだ。

彼は、自分がどこを歩いているか、もはやわかっていなかった。道行く人々と彼の絵の中の人物がお互いに拡張していき、一方から生じてもう一方に流れ込み、作品の中に入ったり出たり、額の中か外かに立っていた。体をのせるボードの男だが、若い時愛する女性と歩いている時、昔コニーアイランドで見かけなかったか？　この半身の男は遊歩道でしつこく彼らについてきた。抱擁のためにあるような夏の夜に。ついにはその女性が嫌がって彼がついてくるのを逃れ、半身男とジェイの両方から逃げて行った。又ボードに乗った人間が彼の夢に出てきた。しかし、今回は黒いドレスと黒玉のネックレスを着ていた彼の母親だった。一度葬式にその姿で行くのを見たのだ。なぜ、彼の母親から下半分の体を奪わなければならなかったのか、彼もわからなかった。近親相姦の恐怖が女性に向かう彼の行く手を遮った事はなかった。どんな女性にも常に欲望を持つことができた。母親に似ていればいるほど良かった。

彼は質屋の七つの固い椅子を見ていた。そこは彼の絵を持って行ってパリの彼の生活のうちの長い時間を過ごして少しばかりの現金を借りるため待つ所で、作品を過小評価され苦々しい思いをするところでもあった。カウンターの後ろの男は、質草を鑑定するために目を大きく広げていた。ジェイは、自分の本を質に入れた男のことを思い出して大声で笑った。彼は未来に飢えることを宣告されたかのように最後までその本をむさぼり読んでいた。彼は、こういう人間たちを腕も足も質に入れているところを描いた。彼らが自分を温めるべきストーブを質に入れ、肺炎から守るためのコートやお客を引き付けるためのドレスも質屋に持ってきたからだ。グロテスクな世界だ、と批評家はささやく。ゆがんだ世界。

いいじゃないか。パリの質屋の七つの椅子の一つに座って三時間待たせてみよう。ドラン通りを歩かせてみよう。もしかしたら、僕は自由にしていることは許されないのかもしれない。もしかしたら、犯罪者と一緒に刑務所にいなければいけないのかもしれない。彼らに共感するよ。僕の殺人は絵の具で行われているからね。すべての殺人行為は人々にその行為を生み出した世の中の情勢に対して目を覚まさせるけど、またすぐ彼らは寝てしまう。しかも芸術家が彼らを目覚めさせたのだったら素早く復讐される。彼らが僕への金と名誉を拒むのなら上等だ。そうやって僕をこういう街に閉じ込め、暴いてほしくない事を暴露することになるのだから。僕のジャングルは、ルソーのような無邪気なものではない。その中では皆が自分の敵と対峙している。自然の地下世界では、借りは同じ種の間で返されなければならない。にせの金は受け取らない。飢えには飢え。痛みには痛み。破壊には破壊を。芸術家はそこで帳簿をつけているのだ。

＊

モンパルナスのドーム、セレクト、ロトンドへの探検から、ジェイはサビーナを連れてきた。しかしながら、この二人の場合、どちらがどちらを家まで歩いて連れてきたのか判断するのは難しいだろう。両方とも、町をおおってしまう川が頭で氾濫しており、家やカフェや道路や人間は小さく弱くなって簡単に流されてしまうからだ。ジェイの衝動の圧倒的な力がサビーナの流動性と相まって都市の全体的秩序を反転させていた。

サビーナは、彼女の通った後に消防車の音とイメージを残した。大惨事を知らせる暴力的な鐘の音で心に危険を知らせながらニューヨークの通りを走って行くように。

赤と銀色の洋服を身にまとっている。つんざくような赤と銀色のサイレンが皮膚を通して道を走っている。サビーナを最初に見た人間は感じる。すべてが燃えてしまう！

赤と銀と警報の長い響きから、彼の中の子供が生き延びたように彼という人間の中で生き延びた詩人に向かって、サビーナは、町の真ん中で予想もしないはしごを投げかけ、命令する。

上りなさい！

彼女が現れると街にきちんと並んだ隊列は上れと言われているはしごに道を譲る。ほらふきのミュンヒハウゼン男爵の空まで向かっていたはしごのようにそれは真っすぐに立っていた。ただサビーナのはしごは炎へと向かっていたのだ。

彼女が廊下の暗闇から出てドアの明るい方へリリアンのもとに重々しく歩いてきた時、リリアンは初めてずっと知り合いたいと思っていた女性に会ったと思った。サビーナの目が燃えているのを見て、彼女の声がかれているのを聞いて、即座に彼女の美しさに溺れてしまったと感じた。彼女は言いたかった。あなたに見覚えがある。よくあなたのような女性を頭に描いていたから。

サビーナはじっと座っているということができなかった。すごい勢いで続けて熱っぽく息切れしそうに話をする。静けさを恐れている人のように。まるで長く座っているのが耐えられないかのようで、歩き出すと又やたらに座りたくなるのだった。いらいらしていて、神経質であたりを警戒していた。攻撃されるのを怖がっているかのように。落ち着きが無く感覚が鋭く、けいれんするような手の動きをしたり、ものすごい速さで飲んだりしゃべったり笑ったりしながら、彼女に向かって言われている事の半分しか聞いていなかった。

熱のある時の夢と全く同じように、彼女にはあらかじめ計画されるとか継続性とか関連性というものが無かった。すべてが混沌としていた。彼女の奇矯な身振りや最後まで終わらない言葉や不機嫌な沈黙、急に立ち上がって部屋の中を歩いたり、つまらない理由で謝ったり（ごめんなさい、手袋を失くしてしまって）、どこかよそに行きたいというはっきりとした欲望など。

彼女は全く束縛されない人間のようにふるまった。急いで何か火のついている道に飛び込もうとしているようだった。立ち止まってじっくり考えるということができなかった。

彼女は自分の身の上話を映画の早回しのようにしゃべった。壊れた映写機が加速した映像を見せているように。彼女の冒険譚、麻薬中毒者からの逃避、警察との遭遇、ぼやけてはっきりしない事件が起こったパーティ、ぼんやりしたむち打ちの光景。そこでは彼女が鞭打つ方なのか、被害者なのか、あるいはそんな事は全く起こっていないのか誰にもわからなかった。

こなごなの夢、所々の空白、反転、矛盾をともなって。空想は駆け巡り、急に前言は撤回される。彼女はこんな風に言う。「彼は私のスカートを持ちあげたのよ。」または、「傷を自分たちで手当てしなければいけなかったんだよね。」あるいは、「警官が待ってるから、友達を助けるためにドラッグを呑み込まなくちゃいけなかったんだ。」そして、まるでこういう事を黒板に書いて、それを巨大なスポンジで消すかのように、この話はたぶん他の人に起こったことだとか、何かで読んだのかもしれないとか、バーで聞いたのかもしれないとか言うような意味の事を言う。そして消してしまうとまた次のナイトクラブで雇われた美しい女性の話をし始め、その人を自分がものすごく侮辱したと言った。しかし、もしジェイがなぜ場面を変えたのか聞くと、すぐにそれを消して取り消してしまう。何か他の聞いた話や彼女が働いていたナイトクラブで見なかった何かについて話すために。

彼女の語る人物の顔や姿かたちは半分しか現れない。聞いている者が理解し始めると夢の中で起こるように他の顔や姿が割り込んでくる。一人の女性なのだなと思っていると男性や老人だったりする。彼女の面倒を見ていた老人だと思って聞いていると、それが彼女と一緒に住んでいた女の子になり、最初に好きになった若者になり、ある晩彼女にひどく屈辱を与えた一連の人々に変身していく。場面のどこかでサビーナは、金髪の女性として登場する。そして後には黒髪で。それと同様に彼女が愛した人、裏切った人、逃げたり一緒に住んだり、結婚したり嘘をついたり、忘れたり捨てたりした人も一貫したイメージを描くのは無理なのだ。

彼女はとんでもない告白熱に駆り立てられベールのはしを持ちあげそうになるのだが、誰かが聞いているのでは、そのあらわになった現場を見ているのではないかと怖くなってしまう。それで、例の巨大なスポンジを持ってきてすべて消してしまい、またどこか他のところから話を始めるのだ。混乱しながらでもそうすれば安全だと考えて。そんな風にサビーナは人を自分の世界に招き寄せ引き付ける。そして来た道をぼやけさせ、イメージを混乱させ、探られることを恐れて逃げてしまう。

最初からジェイは彼女が嫌いだった。ドン・ファンがドンナ・ファーナを憎むように。自由な男が自由な女を嫌うように。彼が自分だけに認めているこの情熱における自由を女の中に見つけると憎んだ。彼が女性を恋人としてありうるか無理かと品定めしていると彼女に悟られていることを彼が本能的にわかって彼女を憎んだ。

彼は彼女にとって特別な贈り物をあげるべき男ではなかったし、他の男と比べて際立っているわけでもなく、リリアンが見ていたようなかけがえのない男でも、友人たちが見ていたようなユニークな存在でもなかった。サビーナの目つきは彼が女性たちを査定するように彼を査定していた。恋人としての立場を与えるべきかそうでないか。

彼女は彼と同じようによくわかっていた。男や女に与えられた飾りや威厳が恋人としての基本的な資質やあるいは資質が無いことを変えることはできないと。建築学の名誉教授などという肩書は肉体の構造の魔法のような知識を与えることはないと。ことばの魔術は反応する秘密の場所の知識に取って代わることは無いと。勇気をたたえる勲章は優雅な大胆さを授けはしないし、誘惑や合体や降伏のための瞬間、征服するための拉致や愛の戦いについての正確な知識を持ち合わせない。

その学ぶことのできない取引、芸術であり、工芸は、指先の予知技術を必要とし、まぶたの震えからの合図を正確に読み取らねばならない。まつ毛の承認を読み取る顕微鏡のような目、肌の下の細くて青い神経の振動を受け取る地震計、葉っぱの傾きから雨や嵐や洪水を予報する人がいるように産毛の方向から予知をする能力が必要だ。どの地域を放っておいてどこを侵略するか、どこと平和を結びどこを力で制圧するかを予測するように。

どんな飾りも学位も学校も旅行の経験も恋人にとって男性を助ける事はできない。体のビートやテンポやリズムを聞かなかったり、最高の絶頂で欲望のバレエ・ジャンプを受け止めなかったり、優しさと熱情のアクロバットも演じないであらゆる沈黙の高度な技術を知らない男であれば。

サビーナはこのような傲慢さで彼の潜在能力を観察しながら、彼の目つきの正確さを測っていた。というのは、うわさで教えられた女性たちによく知られているある黒人の恋人の一瞥が女性の体の真ん中を射抜くと言われていたから。それは完璧な標的であるかのようにその目の権利を申し立てる。

ジェイはすぐに、彼女の中に貞節を持たない女性、あらゆる冒涜をしそうな女性を見た。結婚指輪はしないし、気まぐれで恋愛し、人と絆を持たない女性だ。（一週間前は、彼の事を唯一無二でかけがえのない存在と思っているリリアンに腹を立てていた。なぜなら、それは彼がかぶりたくない責任を押し付けることになり、彼女が誰か時々彼の義務から解放してくれる代役を考えてくれないかなと望んでいた。）

ある火花が散るような瞬間、ジェイとサビーナはアトリエの真ん中でお互いを見つめていた。お互いの挑戦的態度に気づいていて、自分たちを法を破っている男女だとすぐに攻撃したくなる大きな不信感をのみこんでいた。信頼を築くための未来への暴力的な試みは、こういうお互いへの不信感の上に成り立っていた。

サビーナのドレスは、最初は炎のようだったが、今はリリアンの存在の目に見える光の中では黒のサテンでできているとわかった。素肌に最も似ている風合いだった。リリアンはサビーナの服の袖に穴があいているのを見つけたが、自分の袖に穴が無いのを恥ずかしく思った。なんとなく、サビーナの貧しさを感じて。サビーナのはき古したサンダルは一番勇気のある抵抗のように見えた。完全だと感じるために全くほころびの無い袖や新しいサンダルが必要無い人間の選択のようだった。

ふだんジェイに定められていたリリアンの視線は、軽く他の人達にも注がれ、初めて違う人間をじっと見つめることになった。

ジェイは不安な様子で見ていた。リリアンの固定されていた関心が彼の回りをぐるぐるしているのを見て、それは変化しやすいもので彼が取り戻せないものであり、絶対返すことができない巨額の借金を積み重ねてきたような気がしていた。

サビーナの変動する情熱に彼は挑戦を受けていた。彼女は平等な感覚を与えていた。自分の面倒は自分で見られるし、裏切りには裏切りでこたえることができた。

＊

リリアンは、オーベール通りの角で待っていた。サビーナを完全な日の光の中で群衆から出て歩いてくるのを見たかった。こういうイメージは目に見える形になるはずだ、サビーナは昼間の光の中で溶けてしまう蜃気楼ではないと確かめたかった。

彼女はオーベール通りの角で立っていて他の場所で立っていた時と同じようになるのをひそかに恐れていた。群衆を見ていて、夢の中の人物に似ている人が決してそこから出てこないのをわかっていた時のように。サビーナを待っていて、彼女は最高に痛みを感じる期待というものを経験した。サビーナが通りを歩いてきて道を渡り、顔の無い人々の塊から出現してくるというのが信じられなかった。彼女が歩いてやってきて、ボロボロのサンダルをはきみすぼらしい黒のドレスを堂々とした無関心で着てきたのを見てなんという深い喜びを覚えるのだろうと思った。

「昼間の光は嫌い。」サビーナは言った。彼女の目は怒りで暗い色になっていた。目の下の暗い青のラインが深すぎて肌にあとを残していた。まるで彼女の視線の白い熱によって目の周りの皮膚が焦げてしまったかのようだった。

彼女が望む場所を二人で見つけた。通りの高さより低い場所で。彼女のおしゃべりは逆巻く川、リリアンの回りに飛び散る壊れたネックレスのようだった。

「私が消えるのはいいことだよね。あなたには私の正体がすぐわかっちゃうだろうから。」

これを聞いて、リリアンはサビーナを見つめた。彼女の目があまりにはっきりと「あなたに夢中になりたい。」と言っていたので、サビーナは心を動かされ猜疑心を持ったことを恥じ、顔をそむけた。

「リリアン、あなたと一緒にやりたいことがすごくたくさんある。あなたとなら、ドラッグもやるわ。怖くない。」

「あなたが怖いってことがあるの?」リリアンは、信じられなくて言った。しかし、一言がしつこく彼女の存在の表面に残っていた。一つのことばというよりあるリズムのような一言。それがサビーナが現れるとすぐテンポを刻んだ。サビーナと共に歩むステップがドラムの音であることばと一緒についてきた。危険、危険、危険、危険。

「サビーナ、あなたになりたいって感じる。今まで自分以外の誰かになりたいって思ったことなかった。」

「なんで、ジェイと暮らせるの、リリアン？　ジェイは嫌いだよ。彼ってスパイみたい。彼は人生に入りこんでくる。後で背を向けて面白おかしく描くためだけに。見にくいものだけを暴くんだよね。」

「何かが彼を傷つけた時だけだよ。傷つくと破壊するのよ。彼はあなたを茶化して描いた？」

「私を娼婦に描いたの。そういうのは私じゃないってわかるでしょ。私がした昔話の悪いところにすごく興味を持つんだよ。彼は嫌い。」

「あなたは彼を愛しているんだと思ってた。」リリアンは単純にそう言った。

サビーナの存在すべてが、リリアンの率直さへの驚きから逃れるすべを探していた。仮面の後ろで千もの笑いが起こっていた。まぶたの裏で永遠の裏切りが見えていた。

この時がその瞬間だった。サビーナがどんなふうに感じているか自分に言わせることができさえすれば良かったのだが。リリアン、私を信じないで、私はジェイが欲しい。私を愛さないで、リリアン。私も彼と同じ人間だから。私って誰が傷つこうが欲しいものは手に入れる人間だよ。

「私の仮面をはぎとりたいの、リリアン？」

「サビーナ、もしあなたの仮面を取ったら、私は、自分自身をさらけ出すだけのことになるでしょうね。私が勇気があればやるようなことをあなたは行動しているんだから。私はあなたの全くそのままの姿を見ているし、それで愛している。さらけ出す事を恐れないで。私に対しては。」

この瞬間、愛ではなく何か偽物の役割を持ってくるジェイに背を向けて、真実を持っている、一緒なら本当の愛を経験するかもしれないリリアンの方に向きを変えた。

サビーナの顔はリリアンには窓の向こうで溺れている子供のように見えた。サビーナを、真実への恐怖で葛藤していて、リリアンに自分の一番いいイメージになんとか見せたくて返事をする前に考え込んでいる子供のように見ていた。サビーナは、本当の事は言わなかったが、リリアンが彼女に期待していると想像することは何でも話した。しかし、現実はそんなことはリリアンは全く望んでいなかったが、サビーナが自分の理想化されたイメージに必要だと思っていた。サビーナがいつも熱っぽく作ろうとしていたものは、彼女の行動と全く反対のもので、誠実さと貞節を持つ女性だった。このイメージを守るために彼女は一生懸命リリアンの優しい訴えに応えないようにしていた。それは偽りの行為をやめる必要のある子供に対しての訴えだった。

「ジェイが人を戯画化しているというのは否定しないけど、それは復讐心からだけだと思う。彼に復讐されるなんて何をしたの？」

サビーナは又、顔をそむけてしまった。

「サビーナ、あなたがファム・ファタールだって知ってる。彼にはそう思ってほしくなかったの？」

人間の中の埋められた子供の声が聞こえるという特殊な才能で、リリアンはサビーナの中で子供が泣いているのを聞いた。自分の作り事があまりに面倒になりそのややこしさと偽装とにうんざりしていた。サビーナが欲しいものへの直接的な猛攻を隠すためのあまりにも多くの衣装とカーテン飾りと金、錦、ベール。それと同時に自分の欲望が何かを知っていて、それに対する大胆さと率直さを持ち合わせ、そういうものはリリアンは彼女の中で愛しているもので、彼女から学び取りたいと思っていた。

しかし測り知れない苦しみからの微笑がサビーナに現れ、それは、またすぐに他の微笑によってかき消された。誘惑の微笑に。リリアンがその苦しみを捕らえようとし、彼女の存在の柔らかくもろい部分に入って行こうとすると、サビーナは、誘惑する女性の微笑の裏に自分自身を隠してしまうのだった。

哀れみ、保護、慰めは、安物の輸入品のようにリリアンから剥がれ落ちてしまった。サビーナは、誘惑の微笑で同時に全能の魔女が微笑んでいるように装っていたからだ。

リリアンは、悲しみの中にいる子供の事を忘れ、貪欲に真実の愛を求めた。しかし、この真実というものが愛を破壊してしまうかもしれないと恐れていた。あの子供の顔はリリアンが屈してしまう今のこの強力な微笑の前に薄れてしまった。

彼女はもはやサビーナのことばの意味を探そうとしなかった。サビーナの顔にかかるブロンドの髪と、斜めに上がっている眉と、不実にゆがむ微笑、感情の渦を作り出す宝石のような微笑を見ていた。

一人の男が通りかかり、彼女たちの夢中になっている様子を笑った。

「気にしないで。気にしちゃだめ。」とサビーナは言った。こういう状況は慣れているかのように。「あなたを傷つけたりしない。」

「あなたは、私を傷つけたりできないでしょ。」

サビーナは、微笑んだ。「私は、人をそういうつもりがなくても破壊するから。私が行く先々でいろんな事がこんがらがって恐ろしい事になっちゃう。あなたには、全部最初からやりたいの。ニューヨークに行ってすごい女優になって又きれいになりたい。安全ピンで留めてるような洋服でこれ以上現れたくないわ。ばかみたいに、何も見ないで、お酒を飲んでタバコ吸ってしゃべってる以外何もしないで生きてきたけど、あなたを幻滅させたくない、リリアン。」

彼女たちは街をあてもなく歩いていた。回りを意識せず、あらゆる瞬間に沸き起こる喜びと語るすべてのことばと一緒に腕を組みながら。徐々に大きくなる喜びは彼女たちが一緒に歩く歩みごとに、そしてお互いの腰が歩く時に当たるたびに、増していった。

人や車は彼女たちの回りで渦を巻いていたが、他のものはすべて、家も木も霧の中に消えていた。彼女たちの声だけが、遠く、曖昧に感じられる女性の迷宮から発したようなことばを運んでいた。

サビーナは言った。「ゆうべ、あなたに電話したかったんだけど。しゃべりすぎちゃってごめんなさいって言いたくて。いつも言いたいことが言えないんだってわかってて。」

「あなたも怖いことがあるのね。すごく強い人に見えるのに。」リリアンは言った。

「やること全部だめなの。あなたが全然本当の事について聞かないから助かる。事実なんて関係ないよね。問題は本質でしょ。あなたは私が嫌がる質問は絶対しない。どこの街？　どの男？　何年？　いつ？　とかの事実。そういうの嫌い。」

体を寄せ合い、腕を組み、二人の手は一緒に彼女の胸の上に置かれていた。彼女がリリアンの手を取り、暖めるかのように胸の上に持って行ったのだ。

街は消滅した。二人とも名前を見つけられない彼女たちの世界に歩いて行った。柔らかい光の場所に入って行った。薄紫色が広がっている。そこは彼女たちを紫の親密さの中に包んだ。

サビーナは銀のブレスレットをはずし、リリアンの手首につけた。

「あなたの暖かい手を手首に巻いてるみたい。まだ暖かい。あなたの手みたいに。私はあなたの虜だね、サビーナ。」

リリアンがサビーナの顔を見ると、その熱っぽい横顔は張り詰めていた。緊張しすぎて少し震えていた。サビーナの顔が彼女の方に向けられると燃えるような魅力で顔の細かいところは見えなくなるのだった。サビーナの口はいつも少し開いていて、めまいを起こさせるような渦巻く声が流れ出すのだ。

リリアンは、彼女の顔がすべてをわかっているという表情をしたので、驚いた。サビーナの体全体が急に今までの経験で充満し、それによって色を失くし、紫の影で満たされ、疲れたまぶたのせいで頭を垂れた。一瞬で、彼女は長い間の熱や克服できない疲労が見てわかるようになった。リリアンは、彼女が通ってきた燃えた炎の黒焦げになった跡を見た。彼女の目と髪が灰になってしまうのではと思った。

しかし、次の瞬間には彼女の目と髪の毛はそれまでよりまばゆく輝いて、顔は不思議なくらい鮮やかになり、完全に無垢な様子になった。宝石のように輝く無垢だった。彼女はこのすべてを忘れる一瞬に人生のすべてをかけているようだった。すべてを洗い流し、スタートに立っているかのようだった。

あまりにも多くの疑問がリリアンの頭の中を駆け巡っていたが、今はサビーナが質問されるのを嫌がっているのをわかっていた。サビーナの本質はいろいろな事実のはざまから滑り出ていた。だからリリアンは笑って沈黙を守りサビーナの声だけを聞いていた。その声のかすれ具合は、しゃがれ声からささやきになり、かすかな吐息に変わった。そして、息の主が彼女の顔に触れた。

彼女は自分の煙を熱心に見ていた。煙草を吸っているかのように。しゃべる事と動く事は彼女にとって息をする事のように完全に必要だった。そして、ものすごく向こう見ずな勢いでやっていた。

リリアンとサビーナがカフェの赤い電灯の下で会っていたある夜、二人は同じような気分になっているのがお互いわかった。あの男性を笑い飛ばしたくなった。

「彼はすごくがんばるよね。がんばりすぎてぼーっとしてる。」リリアンは言った。「絵のことばっかり話してる。」

彼女は心の底では寂しかった。ジェイは彼女達どちらの存在にも気づかず、二週間ずっと仕事をしていた。その寂しさのせいでサビーナに近づいた。

「彼は私達が一緒に出掛けると喜んでた。その時間仕事ができるからって言ってた。時間の感覚が無い人だよね。何曜日とかも全然わからないの。まあ、誰も何も気にするっていうことがないんだけど。」

深い寂しさの感情が二人両方に侵入した。

彼女たちはそういうムードから逃げたいかのように歩いていた。まるで他の世界に歩いて行ってしまいたいかのように。丘の上にヒースのように並んでいる小さな家々があるモンマルトルの丘を歩いて上っていた。音楽が聞こえてきたが、あまりに調子はずれなのでいつも聞いている音楽だとは気づかなかった。この音楽が聞こえている一筋の光の中へ二人は滑り込んだ。粒になった煙と人間の息の結晶でできているような部屋だった。天井には色のついた星があって、木でできたあばたのあるキリストが壁に打ち付けられていた。疲れて、酔っぱらった歌が飛び出した。使い古されてほこりっぽかった。人の顔は空のグラスのようだった。バンドは伸び縮みするゴム底の夜のようにみんなゴムでできていた。

今夜はジェイが大嫌い。男が大嫌い。

愛撫への渇望。欲求とそれとの闘い。二人は欲望の曖昧さと渇望の不確かさに怯えていた。

疑問符のロザリオが目の中に見えていた。

サビーナが囁いた。「今夜はドラッグをやろう。」彼女はリリアンに強く膝を押し付けた。目の輝きと顔の青白さで圧倒した。

リリアンは首を振った。しかし酒を飲んだ。もっと飲んだ。こんな戦いや憎しみに対抗する飲み物はなかった。こんな苦しみにも。

リリアンはサビーナの占い師の目と力強い横顔を見ていた。

「すべての痛みを取り去ってくれる。現実をなくしてくれる。」

彼女はテーブル越しに身を乗り出し、二人の息が混じりあった。

「これがどんなにほっとするか知らないでしょう。霧のような阿片の煙。素晴らしい夢と楽しさをくれるよ。すごく楽しいよ、リリアン。そして、すごく力強く感じるの。強くて満たされている感じ。もういらいらを感じなくなるし、素晴らしい強さを世界中に威張りたい気分になる。そうしたら誰もあなたを傷つけられないし、貶めないし、混乱させない。世界の上に飛び上がって行く感じ。すべてが柔らかく、大きく、簡単になる。こんな喜びってある、リリアン？　想像できないと思うよ。手の感触で充分なの。手の感触ですべてが終わるような感じ。そして時間が早く過ぎて行く。何日も一時間みたいに過ぎちゃう。重圧が無くなって、ただ夢見てふわふわするだけ。一緒にドラッグをやろう、リリアン。」

リリアンは目で承諾した。サビーナがドアの所に立っているアラビアの商人を見ていた。トルコ帽とガウンとサンダルを身に着け、腕にペルシャ絨毯と真珠のネックレスを抱えていた。絨毯の下からつきでた木でできた足はジャズのリズムを踏み鳴らしていた。

サビーナは、笑っていた。体全体を震わせ酔った笑いをしていた。「リリアン、知らないでしょう。あの義足の男、わからないけど、彼が少し持ってるかも。前にあんな義足の男がいたのよね。逮捕されたら木の足の中に白い粉がつまってた。行って彼に聞いてみる。」

そして彼女は立ち上がり、動物のような重い足取りで歩いて行き、絨毯商人に話しかけた。誘う様に懇願するように、リリアンにするのと同じように秘密めいた風に彼に笑いかけた。サビーナが懇願しているのを見て、燃えるような痛みがリリアンを襲った。しかし、商人は首を振り、無邪気に笑っていた。強く頭を振り、又微笑みかけ、絨毯とネックレスを売ろうとした。サビーナが何も買わないで帰ってくると、リリアンは又飲んだ。それはまるで、霧をゆっくりと飲み込んでいるようだった。

二人は一緒に踊った。彼女たちの下で床がレコードのように回っていた。サビーナは、暗く強くリリアンをリードした。

冷やかす声がその場所をいっぱいにした。冷やかしの突風。けれども二人は頬を寄せて踊っていた。頬がくっついて白くなっていた。彼女たちは踊っていたが、冷やかしがむちのようにぴしっと朦朧としたかすみを切り裂いた。男たちの目は彼女たちを侮辱していた。男たちの目は彼女たちに世の中が用意している悪いことばで呼んでいた。たくさんの目、緑色の嫉妬。世の中の目。憎しみと軽蔑で病気になっている目だった。参加している愛撫している目もあった。良心を必死に探している目。マッチの炎で羨望の黄色になった目。勇気も夢も無い重い無気力な目。愛の無いガラスの凍った目から凍った嘲りが見られた。

リリアンとサビーナはそういう目にガツンとやってつぶしたくなった。緑のけがをしている目の障害物を壊したかった。そういう目を閉じこめて、息もできなくしている壁を壊したかった。自分の恐怖の監獄から脱獄したかった。すべての障害をつぶしたかった。しかし、彼女たちが壊したのは結局グラスだけだった。二人はグラスを取り上げ、肩のところで割り、何も願い事はせずに、床に散らばった破片を見ていた。まるで自分たちの抵抗の気分もばらばらになってそこに落ちているもしれないと思いつつ。

今彼女たちは、嘲るように、挑戦的に踊っていた。男の手の届かない所に滑り込んで行くように、彼らの侮辱の間を砂のように走って行くように。彼らの知識であふれかえっている目をあざ笑っていた。彼女たちは神秘と霧の恍惚を、夢の隙間から見た世界の火とオレンジの煙を知っていたから。夢の入り口から見た世界の煙の中をぐるぐると回ってよろめき倒れたり、回転して向きを変え転げ落ちるのだ。

ウェイターがハムのような色の手でサビーナの素手をつかんだ。「ここから出て行ってくれ、二人とも。」

＊

彼女たちは二人きりだった。

日の光も過去もなく、他の女たちの結びつきとの類似も考えつくことなく彼女たちは孤独だった。自分たちの独自性みたいなものを信じて世界全体を一方に押しやろうとしていた。すべての比較は自尊心を持って捨てられた。

サビーナとリリアンは、孤独で世間知らずで他の経験に対して無垢だった。彼女たちは、この今の時間以前について、知り合いなども覚えていなかった。どんな本を読んだかも忘れたし、カフェで見た事も男の笑いも他の女のからかいも忘れてしまった。彼女たちの個性が世界を洗い流し消してしまった。二人はすべてのものの最初の地点に立ち、過去を脱ぎ捨て無垢になっていた。

彼女たちは、二人のものであった夜の前の地点に立っていた。眠りから覚めた女性のように。彼女たちのものであった長い夜の前、臆病な心や信頼の最初の段階に立っていた。原罪からも文学的罪からも故意による罪からも清廉潔白で。

二人の女。不思議だった。複雑に折り重なった考えは飛んでしまった。新しい体、新しい魂、新しい心、新しい言葉で。彼女達でそれらを全部作り上げて、自分たちの現実を形づくった。根っこが他の日々や夜、他の男たちや女たちの方へ向いていくことはなかった。二人の欲望と恐怖の顔に向ける新しいまなざしの力があった。

サビーナの突然の臆病さとリリアンの突然のぎこちなさ。彼女たちの恐怖心。大きな恐怖が部屋全体を切り裂き、振り下ろされた剣のように彼女たちに冷たく切りつけた。新しい声。息苦しくなったサビーナは軽くしゃべって、息のようになってしまったリリアンの声の軽い所に触れようとした。二人の声はあまりの恐怖心で声が枯れたため息のようだった。

サビーナは、ベッドの端に重く座り込み、彼女の重みは根っこが地中に入っていくかのようだった。彼女のまなざしの重さでリリアンは身震いした。

彼女たちのブレスレットがチャラチャラと音を立てた。

ブレスレットは合図を送っていた。踊りに入る時、先住民の首でビーズの最初のチリンという音が合図となるように。彼女たちはブレスレットを取り外し、二つ並べてテーブルに置いた。

光は？　なぜ光はこんなに静かなのだろう、彼女たちの血の不安な状態のように。恐怖で静かなのだ。彼女たちの目も。影の無い目は開けることも閉じる事も溶けてしまう事もできなかった。

ドレス。サビーナのドレスは長い海藻のように彼女にまとわりついていた。ドレスをくるっと回して床に落としたかったが、彼女の手が踊り子、バヤデールがスカートを持ちあげるようにドレスを持ちあげてしまい、頭の上まで引っ張った。

サビーナの目は森のようだった。待ち伏せの警戒が潜んだ森の暗さがあった。恐怖感。リリアンは、その目の暗闇に旅をして、自分の青い目を赤茶色のそれの中に持ち込んだ。彼女はドレスが落ちているところから胸を押さえて歩いてきた。思いっきり押されたように。

サビーナは、まとめた髪の毛をといて言った。「あなたって異常なくらい白いわね。」奇妙な悲しみを持った言葉だった。まるでそれはリリアンの白い体ではなく、サビーナがため息をついている彼女の新しい人生の白さであるかのように。「あなたは、すごく白い。白くてなめらか。」そして、彼女の目には深い影がさした。年齢の影。首と腕とひざに影があった。紫の影が。

リリアンは、彼女に手を伸ばしたかった。その紫の影に。そして理解した。自分がサビーナになりたいのと同じくらいサビーナが彼女になりたいと思っている事に。彼女たちは体を交換して顔も交換したかった。二人とも他者になりたい、自らを否定し、実際の自分を超えたいという暗い傾向があった。サビーナはリリアンの新しさを欲望し、リリアンはサビーナの深く刻まれた肉体を欲した。

リリアンは紫の影を飲み干し、他の人間の痕跡、どこか他の時間や他の部屋、他の匂い、他の愛撫の蓄積を飲み干した。なんとサビーナの体にまとわりついている他の愛の多いことか。しかし彼女はこれを否定し彼女の目は、すべて忘れたと繰り返していた。そういうものは贈り物の迷路に迷って自分自身を失っている彼女をなんと重たくしていることか。嘘と愛と夢とみだらと熱が彼女の体を重くしていて、どんなにかリリアンが彼女と一緒に鉛のように重たくなって彼女と一緒に毒に侵されたかったたか。

サビーナは、リリアンの体の白さを見ながら自分自身の少女時代を鏡の中に見ていた。ぼやけていない、跡のついていない人生の最初の段階に立っていた。彼女はその若い自分に戻りたかった。そしてリリアンは紫の井戸の一番下まで知識の迷路に入って行きたかった。

つんと鼻をつく存在の森の中にか弱い入口があった。リリアンは、そこに軽く歩いて入った。羽の愛撫、蛾の侵入、胸の間の没薬、口の中の香料。頭を上げると指先に巻き毛がからみ、巻貝の首にキスがまきついた。巻き毛は逆立ち、閉じられた唇からため息がもれた。

「なんて柔らかいの。あなたは柔らかい。」サビーナは言った。

二人は体を離した。彼女たちが欲して、求めて夢見たのはこれではなかった。彼女たちが想像した事は、所有しあうこんな事ではなかった。触れ合う体では彼女たちの中にあるお互いになりたいというこの謎の渇望に答えを出せなかったのだ。お互いを所有するのではなくお互いになるのだ。取るのではなく、受け入れて吸収し、自分たちを変えることなのだ。サビーナは、リリアンの存在の一部を持ち、リリアンはサビーナの一部を持った。しかし、抱き合っても交換はできなかった。そういうことではなかったのだ。

彼女たちの体は触れ合って、無くなった。まるで、両方とも鏡に、鏡の中の自分の肖像に触れたかのように。彼女たちは冷たい壁を感じた。男性と触れ合った時には現れなかった鏡を感じた。サビーナは、自分の若い時に触れただけになったし、リリアンは自分の自由な情熱に触れたのだ。

彼女たちがそこに横になっていると夜明けが部屋に入ってきた。窓枠の汚れをあらわにし、テーブルの割れ目や壁のしみを目立たせる灰色の夜明けだった。リリアンとサビーナは、夜明けで目が開いたように起き上がった。ゆっくりと彼女たちは危険な高みから降りて行った。日の光が現れ、疲労の重さを感じるにつれて。

夜明けがやってくるとまるでジェイが部屋に入ってきて二人の間に横になったようだった。二人の夢の小さな部屋は急に爆発した。リリアンの心にわいた疑いのせいで。

サビーナの中でジェイが称賛している事を彼女の中でも愛してほしいという目的であまりにもサビーナになりたかったというのであれば、ジェイがサビーナを愛するようになるために彼女もリリアンになりたかったということなのか？

「あなたの中にジェイを感じる」と彼女は言った。

神聖さを汚した味が二人ともの口の中に広がっていた。彼がキスをした両方の唇。彼が知っている味の女たち。二人の女の中の一人の男。

夜の間ずっと眠っていた嫉妬心。今彼女たちのそばに横たわり、彼女たちの愛撫の間に敵のようにすべりこんできた。

（リリアン、リリアン、もしあなたが私達の間に憎しみをつのらせたら、魔法の同盟を壊してしまう！　私達がお互いわかっているほど、彼は私たちをわかっていないんだよ。お互いの中で彼が見落として愛してないところすべてを愛することができたのに。ライバルで戦わなくてはいけない大きな破滅に目を向けなくてはいけないの？　今夜彼の指から滑り落ちてたすべてをつつみこんでいたのに。）

しかし、嫉妬がリリアンの体の中を揺らしていた。疑いが硬くなり、リリアンの中で結晶になっていった。彼女の横顔と目つきを固くし、唇をきつく結び、体を硬くした。すべてをあらわにするような新しい一日が冷たく切り裂き、寒さに体が震えた。

裸になった目が裸にされてナイフを突きつけられた質問をしているようにお互いを見ていた。お互いを見つめるのにからんだ髪をほどかなければならなかった。サビーナの長い髪がリリアンの首に巻き付いていた。

リリアンはベッドを離れた。二つのブレスレットを持って、窓から放り投げた。

「わかってる。わかってるのよ。」彼女は暴力的に言った。「私の目を見えなくしたかったんだよね。あなたが白状しなくても彼がする。あなたが愛しているのはジェイだよね。私じゃない。起きて。彼に私達が一緒にいるところを見られたくない。私達が愛し合ったと思うから。」

「私は愛してる、リリアン。」

「そういうこと言わないで。」リリアンは激しく叫んだ。彼女の存在すべてが今や完全な破壊を荒々しく望んでいた。

彼女たちは二人とも震えていた。

リリアンは、泡立っている海のようだった。うねりながら疑いと恐怖心の漂流している破片を回転させていた。

＊

部屋は暗闇の中だった。そしてジェイの笑いが入ってきた。なめらかで型を破るような笑い。暗いにもかかわらず、リリアンは彼の体の細胞全てが夜に生き生きとしているのを感じた。豊かに振動しながら。すべての細胞が百万の目を持って暗闇を見ていた。

「芸術家が生まれそうな素晴らしい暗い夜だね。」彼は言った。「夜生まれなければならないんだ。わかる？　彼の親が人間的物質を七カ月しか彼に与えなかったってことに誰も気づかないですむからね。芸術家は子宮の中で九カ月もいるなんていう我慢強さは無いよ。家出してこないといけないしね。自分自身を作って完成するために熱狂のうちに生まれるんだ。多面的で一定の形が無いから自分の中心が常にバラバラになっていて自分の作品によってだけ再生される。イマジネーションですべての型にはまっていって、自分をかけたり割ったりする。でも何をやっても彼は二人なんだ。」

「それで二人の妻が必要なの？」リリアンは聞いた。

「君がとても必要だけど。」彼は言った。

サビーナの体はもっと重要な愛の方に勝利するのだろうか？

「世の中にはたくさんのサビーナがいるけど、君みたいな人は一人だから。」ジェイは言った。

彼はなぜこんな深い嘘をつくことができるのだろう。彼女が選んだ言葉しか知らずに、彼女のことを何も知らないで、秘密の恐怖と喪失への恐れを知らないで。

彼は楽しい日々、勇気の日々のためだけの人だった。新鮮な事や変化への情熱で彼が持って帰った良い事をすべて彼女と分かち合うという日々。

しかし彼は彼女の事を何も知らなかった。彼女の悲しみに寄り添う人間ではなかった。彼は他の人の気分を想像することができなかった。自分の気分だけだった。彼の気分がすごく巨大でうるさいので、それが彼の世界をいっぱいにしていて他の人達が聞こえなかった。彼女がくじらのような彼の存在、彼のエゴのくじらの腹の暗いほら穴の中で息をして生きていけるかなど、気にかけなかった。

どういうわけか、彼はこの広がりは大きさのしるしなのだと彼女を説得できていた。大きな人間は一人占めはできない。彼は自分の過剰な豊かさから単にサビーナのところにあふれて行ったけなのだ。だからいつか彼らはけんかするだろう。すでに彼は言っていた。「サビーナがどうして嘘ばかりつくのか考えたんだけど、それは、謎とかフィクション以外彼女が与えるものが無いからじゃないかな。たぶん、彼女の謎の背後は何も無いと思う。」

しかし、彼はとんでもなくその嘘の謎に幻惑されていた！　サビーナは何もかもを複雑にもつれさせていた。さまざまな性格や身元を混ぜていたし、約束は守らないし、いるはずだと思った場所にいなかったり、時間が混沌としていたり、仕事については当てにならなかった。さよならと言う時も謎や不安材料をほのめかした。寝ている夜明け頃に電話してくるのだが、皆が起きている時は寝ていた。ジェイは飽くなき好奇心のせいで、まるですべてのもつれに意味や謎があるかのようにそのもつれをほどくことに簡単に引き込まれていた。

しかし、リリアンも、彼は素早く身をひるがえし、騙されたことをあざ笑うだろうという事はわかっていた。盲目的な情熱のせいで彼はよく騙されていたから。謎がただの嘘だとわかったら、彼は復讐に燃えた態度になった。

「サビーナが死んでくれたら。」リリアンは考えた。「彼女が死んでくれたらいいんだけど。彼女は私のように彼を愛してない。」

不安が彼女を押しつぶした。彼は又すべてを行動に移し、彼の陽気さで不安を追い払い、彼の向こう見ずな進路に彼女を連れて行くのだろうか？

恐れているというリリアンの秘密に彼は気づかなかった。ジェイが夜通し帰ってこなかった時、彼女の秘密は夜を貫いた。彼女の部屋からモンパルナス大通りの大きな光が意地悪くまたたいているのが見えた。モンパルナスとその光を彼は愛していた。そこで光っているものに彼は自分自身を簡単に投げ出した。ロココ風の女性、しどろもどろに話しているバーの男たち、笑いかけ、手招きし、話をしようとしてくる者誰にでも。

彼女は心臓がそこにあった場所に大きな穴があいていると感じながら待っていた。もはや鼓動している心臓も血管も無く、正確で大きな銃弾によって開けられた風穴のみがあった。

それは単にジェイが酔ってハイな気分でモンパルナスを行ったり来たりしていたからで、飲むこととは何の関係も無く、新しい人間、新しい微笑、新しい言葉、新しい物語に対する彼のとどまることを知らない渇望だった。

白いライトがチカチカするたびに彼女は彼の大きくて幸せな微笑を見ているようだった。赤いライトが光るたびに彼の冷たく青い目が離れて見ていて嘲り、その口元を青い氷のような陽気さの中で抹殺しているのを見ていた。目は常に冷たかったが、口元は暖かく、目が嘲っていながら、口は起こした被害を修復しようとしていた。彼の目は内に向くことは無く、深い出来事や個人的な調査の領域に入って見る事が無かった。彼の目は不和や崩壊を見ようとしなかったし、足りない言葉や失われた宝物、無駄になった時間、バラバラになった自分自身の断片や盲目的に行動している事に目を向けなかった。

自身の闇夜を見ないようにするために、彼は見せかけの豊かさで素早く動いている全景をとらえようと必死にその表面に目を向けていた……

「愛ではなく欲求なのね。」リリアンは考えた。「彼は、『愛してる』と言わないけど、『君が必要だ』とは言う。私達の生活は電車の駅やサーカスのように混みあっている。彼は私が物事を感じる場所で感じていない。心が完全に無くなっている。だから私の心も死にかけている。今夜は心臓がどきどきと鼓動するのをやめてる。彼の態度の硬さがゆっくりと殺しているんだわ。」

彼と離れると彼女は、彼は感情が無いと言うことができた。しかし、彼が現れたとたん、彼女は混乱するのだ。彼の存在は肉体的な輝きをあまりにも持っていたので、それが暖かさを送ってきた。彼の声は感情のある声のように暖かかった。彼の身振りも暖かかったし、彼の手も触れあいを好んだ。彼は頻繁に人の上に自分の手を置いたので、それが愛だと考える人もいた。しかし、それは単に夏のような物理的な暖かさだった。化学物質のように熱を放つのだが、ただそれだけで、それ以上ではなかった。

「彼はあの硬さのせいで死ぬわ。そして私はいろいろ感じすぎるせいで。人がドアをノックすると木をノックしているんじゃなくて私の心臓をノックしているんじゃないかと感じる。すべての動きが直接心臓に来てしまうのよね。」

喜びでさえ、その小さな攻撃を心臓に与えてしまう。繊細さのせいで心臓が永遠に音を立てている。

「彼の秘密がわかればいいのに。彼に繋ぎ止められている糸や私の回りについている貞操帯のような彼に対する私の愛を無視して夜じゅう外出したくなる。」

今彼は彼女の変わらない愛でいっぱいの胸に静かに横になっているのだが、彼女は自分の頭を横たえるべき変わらない愛が無かった。夜明けに戻って来るべき場所が無かった。

彼は起き上がって軽く言った。「あぁ、サビーナは根無し草だ。」

「で、私は自分の根っこにからまってるんだ」とリリアンは思った。

彼は今度は読書をするために電気をつけた。彼女は椅子の背を抱きかかえている彼のコートを見て、その肩の形にいたずらっぽい心を見て取った。彼がくれる喜びやソフトだが自信たっぷりな態度やコートの荒々しい質感や「それはいいね！」と彼が言う時のはつらつさなどを自分も手に取る事ができたら。コートでさえ彼の気安い流れるような人生で興奮しているようだった。洋服にさえ彼は自分の快活さの跡を残していたのだ。

彼の流れをせき止めることは人生の川をせき止めるようなものだった。彼女はそんなことをする人間になりたくなかった。男が自分の中ですべての気まぐれや幻想や衝動で生きて行こうと決めたなら、ノアの箱舟でも生き延びられない洪水なのだ。

＊

リリアンとジューナは枯葉が紙のようにカサカサ音を立てている上を一緒に歩いていた。リリアンは泣いていて、ジューナは、一緒に彼女のために泣いていた。

彼女たちはたそがれに沈んでいく街を歩いていた。涙の苦さで二人とも目が見えなくなっていくようだった。このかすんでいく街でぼんやりと半分迷子のように歩いていた。街灯の明かりが彼女たちを映し出し、スポットライトのようにリリアンのゆがんだ唇と重たく前に頭をうなだれていてできた深い首のしわを浮き彫りにするように光を投げかけた。

バスが暗闇からガタガタと大きな音を立てて暴力的に現れ、彼女たちは飛び上がって避けなければならなかった。そのままつまずきながら暗い道を歩き、橋を渡り、大きなアーケードの下を通り、まるで二人とも重力の感覚を失ってしまったかのようにでこぼこの石畳の上を足がおぼつかない様子で歩いた。

リリアンの声は哀歌のように悲しげで単調だった。彼女の青い目は揺れていたが、まるで人生のすべての骨組みがそこにあって仕上げをじっと見ているかのようにずっと地面に釘付けになっていた。

ジューナは、彼女の前を真っすぐ見ていた。暗闇と電灯と車とその先を、すべての建物の先を見ていた。目は動かさず、ガラスのようにじっとしていた。涙のカーテンが新しい領域を開いたかのように。

リリアンの言葉は膨れ上がった海のように急上昇して大きくなった。繰り返しと反復と、とまどって混乱した苦さと怒りで、形が無く、終わることが無く、濃く、重くなっていた。

ジューナは、返す言葉が見つからなかった。リリアンは神についてしゃべっていたから。彼女がジェイの中に見た神について。

「だって、彼は天才なのよ。」彼女は言った。「彼を支えたいのよ。彼に立派になってほしい。でも彼は裏切り者でね、ジューナ。今彼を知る前よりもっと混乱してて道を失っているみたい。他の女性との裏切りだけじゃなくて、彼が他の人を誰もちゃんと扱ってないってことがあって。彼はみんなの混乱を大きくしているだけ。私は自分を彼の手にゆだねてしまったのに。何か素晴らしいものを創り出す人の役に立ちたいと思っていたんだけど。そして彼が私が自分自身を生み出すのを手伝ってくれるかなと思ってた。でも彼は破滅的で、私を破壊しようとしている。」

男を暗い街の案内人として探し、道から道へうろうろとあてもなく歩き、男に触れて案内人を求める。これは、女がみな持っている恐怖だ。導く人を過去ではなく神話の中ではなく男の中に求めること。生きている息をした案内人は人間を一人創造するかもしれない。女性として生まれることを助けて。女たちが自分だけのために所有したいと思う案内人は自分だけの隔離された女の心の中にいた。女性のための案内人は男とその創造したものと密接に紡がれていた。

リリアンはジェイが彼女を創造してくれると思っていた。彼は芸術家だから彼の中に偉大な画家を彼女がはっきりと見いだしたように自分を見てくれると思った。しかし、ジェイの一貫性の無さが彼女を戸惑わせた。彼女は自分のイメージを彼が創る事ができるように手の中にゆだねた。私を立派な女にして、価値のある人間に。

彼自身の混沌がこれを不可能にした。

「リリアン、イメージを創る時、自己創造をする時誰にも任せるべきじゃない。女性は一つの領域から次へ動いていって、独立と自己創造に向かっていくよね。あなたが本当に苦しんでいることは今まで信じてきたことを新しくして、情熱を保とうとした時、そういう信念や古い愛を手放さないといけないということなんじゃない？　あなたは一つの領域から他のところに押しやられてそれが大きな恐怖を引き起こしているんだと思う。ジェイには寄りかかれないってわかっていて、でも何があなたを待っているかわかっていない。自分の意識を信用してないよね。」

リリアンは、彼女が泣いている理由は、ジェイが「一人にしてくれるか、仕事させてくれるか寝かせてくれ」と言ったからだと思っていた。

「ねえ、リリアン、後悔とか記憶とか後戻りしたいと思う事を振り切って過去から浮上するのって、大変なことなのよ。失敗を受け入れられる人なんて誰もいないから。」

彼女はリリアンの手を取って顔を上げさせて、新しい領域に連れて行き、彼女を苦しみや混乱や現在の暗闇から救い上げたかった。

突然灯った光は痛みの領域が閉じていて終わっていて、女性が他の領域に押しやられたところは明るく照らせなかった。彼女はリリアンを直接今の痛みから浮上し、現在の締め付けから飛び出す助けはできなかった。

そして、二人は不安定な足取りで歩き続けた。彼の無関心と同じような枯葉だけを見ながら。

*

ジェイとリリアンは、モンスーリ通りの家の最上階のアトリエ兼住居に住んでいた。モンパルナスの端にあり、キュビズムの芸術家たちの白い家が立ち並ぶ出口の無い小さな通りだった。二人がパーティを開いた時、一階から屋上まで家全体の扉が開いた。芸術家たちは皆お互い知り合いだったから。パーティは花のあるバルコニーに見下ろされている静かな庭のある、すべての小さな路地へと枝分かれしていくこともあった。

お客たちは、モンスーリ公園の池まで通りを歩いて行き、ボートに乗り、ヴェネツィアの饗宴に興じているかのような空想をしたりした。

最初に来たのはチェス・プレーヤーだった。

チェスの駒のようにやせて浅黒く、磨かれたような肌で、身振りが木でできているかのようだった。彼の容貌はシャープに彫刻されていて心は永遠に続くゲームにとどめられていた。

彼にとって部屋ごとの床は大きな四角のマス目であり、そこでは問題が正しい言葉で人々をあちこち動かしていた。一人・人を指さしたい誘惑を抑えるために彼は手をポケットに入れて目だけを使っていた。もし彼が誰かと話していたら、聞いている人がどうしてもそこに入って行ってしまうような空中の道を彼の目が示していた。自分が選んだ人間を捉えた彼のまなざしが空間に目に見えない同盟を作り、すぐに三人は、一つのマスに集まるのだった。彼が出て行って二人を残す事に決めるまで。

彼のゲームがどんなものか誰も知らなかった。彼は移動することに満足していて、変化を分かち合うことがなかったから。そして、又部屋の隅に立ち、うす笑いを浮かべて人の動きを見渡していた。

誰も彼を移動させたり、知らない人に紹介したりすることは考えなかった。

しかし、彼はひげのアイルランド人建築家とジューナを遭遇させることが義務だと考えていた。いろいろな雰囲気を持つ家を思い描いていたから。スライドする羽目板が時には壮大な人生の状況を表すように大きく見せ、時には親密な関係のため小さく見せるような家だった。天井は取り外しがきくので、空が屋根になることができて、秘密の逃げ道のための小さならせん階段と自己顕示欲のための巨大な階段がある。それに加えて、家は太陽の気まぐれな変化に従って回転軸の上を回るのだ。ジューナ以外はこの家が彼女の様々な気分に合わせているのを知っている。彼女の微笑んでいる仮面、夜の顔を見せようとしない態度、彼女の影と暗さに合わせていた。彼女は、人工的に光の方にいつも回転させて、子宮の囲いが親密な告白にふさわしいように羽目板をスライドするのが上手だったり、すべての世界が入る事を許すためにそれらを全部開けてしまうのも同時にうまかったりした。

ジューナは、チェス・プレーヤーの的確さに微笑んだ。彼は二人をマスの上に立たせたが、アイルランド人の建築家はジューナの回りに絹糸を吐き出すようにこの家の設計を説明し始めた。まるで、まゆを作って彼女が必要としているもののイメージで体の回りに家を作り、カタツムリのように背負ってパーティを出て行かなくてはいけないかのように。彼女の黒いドレスの上に彼は図面を描いていた。

このマスでは、何かが作られ始めていたので、チェス・プレーヤーは、先に進む事にした。ガラスでできている彼の目は、こちらを見られないで相手を見通すことができた。今彼は経験の最初の攻撃で死んでしまったゾンビのフォースティンを捉えた。人生の途中でこのように死んだ人はたいてい蘇生するのを待っている。しかし、フォースティンは、何も待っていなかった。体のすべてのしわは受け入れている様子でたるんでいた。どんどん増える肉の重みは無気力と服従を受け止めるのを和らげていた。血液はもはや循環していないし、恐怖と停滞の結晶が生成されているのが見えた。目や耳、ひれが無く、動きの無い深海に住み、皮膚の停止細胞を通して勝手にふくらんでいるパンの形をした魚のように。彼の唯一の執着は、自分の死から自分自身を解放しないで、門に歩哨のように立ち、他の者をわなから逃げるのを阻止することだった。彼は、芸術家や反逆者たちと住んでいたが、彼らの反逆には全く同意せず、ジェイが情熱を最高にほとばしらせ、皮肉のうちにはじけてしまう瞬間を待っていたり、リリアンが激しく爆発して自己顕示欲が強すぎると恥じるのを待っていたり、ジューナのあいまいな現実逃避を見て、現在の怠慢を指摘したりしていた。彼の言葉は殺人のお膳立てをした。禁止事項をすべて合わせたものを身に着けているようなしゃべり方だった。不法侵入するな。煙草を吸うな。つばを吐くな。窓から乗り出すな。通行禁止。スピードを出すな。

殺人のために準備された黒い目と青白い顔で彼は隅っこで待っていた。彼が行くところには必ず黒い蛾が部屋に入ってきて死を悼む飛翔を始めるのだった。黒い手袋をはめ、黒い喪章をつけ、黒い靴を履き、白い壁に未来の悲しみを注入していた。彼の言葉の後の沈黙は、言葉がしおれさせてしまう効果があることや又花を咲かすための土を作るのには時間がかかることを示していた。彼はきっちりとした強迫観念でいつも夜中に帰って行った。チェス・プレーヤーは、ゾンビの死の光線を利用して生きている人への効果を試験したいなら、早く行動しなければいけないと思った。

彼はゾンビを最も花を咲かせているサビーナの椿のような顔へと導いた。その顔はパーティ全体に向かって花祭りのクイーンのように開かれ輝いていたので、男たちに歯の間に乳房の先があるかのような気分をもたらしていた。フォースティンの影がかかり、黒い蛾の言葉と単調な声が無秩序な髪に複雑に隠されている彼女の耳に届いたら、サビーナの顔は閉じてしまうのだろうか？

彼女は単に顔をそむけただけだった。花粉や種や樹液で豊かな栄養を与えられていたので、死んでいる者といえども、どんな男の前でもしおれることはなかった。ありあまる愛と欲望が彼女の体の曲線を流れていて、あまりにたくさんのため息と囁きが彼女の肌の細胞にたたまれていた。神経の多くの川にはあまりある歓喜が流れていた。彼女は免疫があり影響を受けなかったのだ。

ゾンビのフォースティンは、敗北を苦々しい思いで受けとめた。彼はジェイの大きな模様の跡を歩いて行き、捨てられた愛人たちを拾うのが好きだったから。ジェイの捨てた人生を生きるのが好きだった。古着のコートを受け入れている男のように。そこには常に少しの暖かさがあった。

敗北の瞬間から彼はパーティに参加するのをやめた。ゾンビとしての役割さえも。チェス・プレーヤーは、何としてもパーティに皆が参加している状態にしておくという役割があった。たとえみんな参加しているふりをしているのだとしても。しかし、今四角のマスからマスに移動していたこの影の人物がそっと土星のふちに足をかけているのを見て動揺した。すべての確かな場所を囲むどこでもない所のふちだ。一つのこまが落ちた。

チェス・プレーヤーの目がジューナに注がれたが、彼女は音楽の中に溶け込んであらゆる支配から逃れていた。これは彼がプレイできない、自分自身を投げ出すというゲームだった。ジューナは、最も予測できないやり方で自分を投げ出していた。彼女は内面の都市に住み、定住する家を持たなかった。いつも不思議なドアがあるかのように誰知らずやってきては去り、誰も彼女の生活については知らなかった。報告者の耳にも届かなかった。現実の統計を取るものも彼女には話が聞けなかった。ところが、公衆の面前、コンサートホールやダンスホール、講演やパーティで、彼女は突然人目をはばからない様子でストラヴィンスキーに身を投げ出したり、ダンサーと緊迫した様子で一体化したり、眼内閃光の研究に熱心な様子で興味を示した。

そして今彼女はランゴーが弾くギターにうまくはまるように座っていた。彼女の体は、まるでランゴーが彼女の髪や神経をかき鳴らしているかのように彼の指の鍵で調律されていた。黒い旋律が彼の黒い瞳から放たれていた。

少なくとも彼女はパーティに参加していると言える。目は三十分前にチェス・プレーヤーに眼内閃光について話していた時のように閉じられていない。眼内閃光は、眼球を急に圧迫するとまぶたを閉じた時見られる明るい丸なんかの形なんだよ。「やってみて！」

そのギターは音楽をしたたらせていた。ランゴーは暖かい黄褐色の肌とダークグレーの瞳と黒い眉の下の濃いうぶ毛でその蜂蜜色の箱に彼がジプシーの生活をしていた田舎の道の香りを注ぎ込んでいた。タイム、ローズマリー、オレガノ、マージョラムやセージ。その共鳴する音の箱にジプシーの馬車につるされたハンモックの官能的な揺れや黒い馬毛のマットレスの上で生まれた夢を注ぎ込んだ。

ナイトクラブのアイドルだった。男も女もドアや窓に鍵をかけ、キャンドルを灯し、アルコールを飲んでいた。彼の声やギターから田舎道や自由なお祭り騒ぎの妙薬やハーブを飲んでいたのだ。遊びや怠惰のドラッグ、蛍の五月祭りのダンス、馬の空威張りの鳴き声、急に湧きあがる熱情のスパニッシュ・ダンスや英国のダンスを味わっていた。

縮こまってしまった胸、揺れ動いている瞳、冬眠中の精力などはみなランゴーのギターと黄褐色の声を飲み干していた。夜明けには、弦を通した生命の注入に満足しないで、血管を通過していった彼の声の樹液で満たされ、彼の体を木のようにして手を置いている女がいた。しかし、夜明けにランゴーは肩にギターをかついで去ってしまった。

明日もここに来る、ランゴー？

明日はフランスの南の道の上で哲学的に振られている黒い馬のしっぽに向かってギターを弾き歌っているかもしれない。

そこに友達の大群を連れたかなり酔っているジェイが現れた。大きく見開いた虚ろな目をして、五人いることで嬉しそうに頭を振っている五人の男がいた。一人は中国人の詩人で、老子の傍系だった。一人はウィーンの詩人でリルケの系譜にあたり、パウル・クレーから派生したハンスという画家と、緩くジョイスとつながっているアイルランドの作家がいた。自分たちが将来何者になるかなど彼らにはどうでも良かった。現在この瞬間彼ら五人はお互いを褒め合い、強い思いを持ち、絶妙によろめいていた。

彼らは中華料理店で塩気の無いご飯と筋の硬い肉の夕食を食べたが、友達といる嬉しさでジェイは、こんなコメは食べた事がない、これは犬の食べ物だと叫んだが、五分後にはそんなことを言ったことは忘れた。中国人の詩人は傷ついて、謙虚に視線を下に落とした。

今、彼らが階段を上がってきた時、彼は、中国人の妻の貞節について簡潔に説明したので、ジェイは、驚きで泡を飛ばして叫んだ。なんて美しい貞節だ。中国人の女性と結婚したいね！そこで中国の詩人は付け加えた。中国ではテーブルはみな四角だよ。ジェイはこの話に喜んで涙を流しそうになった。それは偉大な文明のしるしだね。彼は危険なほど近くに乗り出して親密に秘密を話すように言った。ニュージャージーではね、子供の時テーブルはいつも丸かったよ。丸いテーブルは大嫌いなんだ。

彼らの足はこの時昇るという行為のために作られていなかった。彼らは途中で止まったままで、スーチンのアトリエを訪ねようとした。

らせん階段の上で彼らはタフタのスカートでさらさらと音を立て紙の袋からフライドポテトを食べているステラとぶつかった。子供のぶらんこに座っているかのように髪をなびかせていた。

彼女の人を引き付ける身振りは、自分自身を遠慮なくさらしてしまう強迫観念で知られている画家を捕らえた。しかし、彼はまだ酔っていなかったし、この時自分のベルトをかき鳴らすことに満足していた。彼の空想の中でどんなシーンが彼女に用意されているのか知らないステラは、フィレンツェ派の絵の女性のような何かを捧げるポーズを取った。右の腰を聖水の台のように伸ばし、両手は手のひらからハトに食べさせるかのように広げた。様式的で儀式のように。それはマニュエルに昔たばこでバレエのスカートに火をつけたのと同じ衝動を起こさせた。

しかし、マニュエルは堂々として礼儀正しく歩いてきた人物に押しのけられた。彼の長い髪はポマードで固められ、著名人の殿堂にある大理石の彫刻を彫った芸術家に作られたような大きくて高貴な顔をしていた。

彼はローマ法王の儀礼的な慎重さで、女性たちの手を取り優雅におじぎをしていた。しかしながら、彼の手の甲へのキス、なめらかなドアの開け閉め、椅子のすすめ方によって発令される法令は重大なものだった。微妙な裁定に対する完全な決定権を持っていた。それは未来の芸術なのか？

誰も彼のビザ無しでは前に進めなかった。彼は未来へのパスポートを与えていた。進歩した方が身のためだぞ。君ねえ、君は過去の単なるコピーだよ。

ステラは、彼の手へのキスが皮肉たっぷりなのを感じた。自分が現代美術の方ではない美術館に設置されるような感じがして顔を赤らめた。きちょうめんに中世的な挨拶を実行しながら皮肉っぽい様子で彼女を見て、この男は彼女が色あせた花を取っておくような人だとわかったに違いない。

というのは、彼は王家の超然とした態度で通り過ぎ、深刻な様子で鋼と木のモビールをじっと見ていたから。それは未来の風でやさしく回っていた。体の肉の部分を持たず空中で震えている小さい神経構造のように。肉体はあまりに抽象的ですすり泣きさえ中に持っていない我々の未来の悲しみを閉じ込めた新しい檻なのだ。

ジェイは、前庭にある大きなゴミ箱に入りこんでしまった中国の詩人を引っ張り出せるものを探しているお客たちの小さい川に逆行して泳いでいた。中国人はきっちり二つ折れになって、尊厳が傷ついていた。しかし、ジェイはサビーナを見て方向を変えた。彼は思った。なぜ経験が堆積してこんなに薫り高い趣を作り出す女性がいるのか。彼女を抱くと彼が知りたかった未知の世界を一緒に所有して遭遇する事も無い男性や女性に会うことができる。迷路でできた体の女性のそばで、彼が横になると、昔の医者、パラケルススが魚の網に入れた患者をぬるま湯にひたしている渓谷に旅していると感じた。子宮に戻って行く旅のように。そして、数百フィート頭上を見上げると岩でできた寺院のアーチの道が見える。そこから金のナイフのように太陽が光っていた。

しかし、サビーナの肉体の素晴らしい旅のパノラマにひたるには遅すぎた。中国人の詩人を助けないと。

この瞬間サビーナは、ジェイとリリアンの間にある優しさのまなざしを妨害した。彼女には見せた事のない優しさだった。彼に対して返したリリアンのまなざしは、空中ブランコ乗りの下にある安全ネットのように彼の回りに投げかけられた。サビーナは、ジェイがとんでもないジャンプをする時、リリアンが張った防御ネットの範囲から決して飛び出していないのだとわかっていた。

チェス・プレーヤーは、しかめっ面をしながらサビーナがケープを着てイタリア風を真似たバルコニーに出て行くのを見ていた。彼女は少しずつ逃げようとしていた。彼女の自由を拘束する親切を裏切ってバルコニーからバルコニーへと移り出口に着いた。彼はこれを許しておくことはできなかった。パーティでは皆が彼の個人的なドラマ以外何も追い求めてはいけないのだ。リリアンとジェイは一瞬同じ四角のマス目に立っていて、サビーナはジェイが見せかけにジャンプしてリリアンの保護の中にある安全ネットに入るのを見たので、今サビーナはナイフで貫かれたように行動し、バルコニーへとゲームを離脱したのだ。

彼女の立っている所にはパーティの喧騒は届かなかった。浅い熱帯の水辺のアシの嘆きのように木々の間を駆け抜ける風と雨の音を聞いていた。

サビーナは傷つき迷子になった。

彼女の中にあったコンパスは破壊され、その揺らぎに彼女はずっと従い、指し示す方向に騒いだり行動したりしていたのだが、急に粉々になったので、もう潮の満ち引きや水の流れや拡散からの安心感がわからなくなった。

どうしていいかわからないと思った。

拡散は大きくなり過ぎ伸びすぎた。初めて痛みの軸が現れはっきりとしない模様に切り裂いた。痛みは内省や意識の中にだけ存在する。サビーナがこれまであまりに早く動いてきたので、すべての痛みはふるいにかけられたように素早く通りすぎ、子供の悲しみのようにすぐに忘れ新しい興味に取って代わられる悲しみが残ってきた。彼女は今まで立ち止まることを知らなかった。

そしてこのバルコニーで急に孤独を感じた。

ただのケープではない彼女のケープは、船の帆なのだが、感情を四つの方向の風に投げて風をはらんで膨らみ速い風にあおられる。それは今風がないでしぼんでいた。

彼女のドレスもしぼんでいた。

まるで今彼女は風がとらえて膨らませ前に進めるものを何も着ていないかのようだった。サビーナにとって風が止む事は死を意味していた。

嫉妬心が彼女の体に入り込み、砂時計の砂のように下に落ちて行くのを拒んでいた。生まれた時から悲しい事があると、すべてを痛み無く通して出していたふるいの銀の網の目は、つまってしまった。今痛みは彼女の内側に巣食ってしまった。

彼女は、自分の発明、物語、幻想と本当の自分の間の辺境のどこかで我を見失っていた。境界は目立たなくなり、痕跡は失われ、純粋な混沌に歩みを進めた。オペラや伝説のロマンチックな騎士が馬で彼女を連れ去って行く混沌ではなく、馬上の行進が突然張り子の馬で舞台上の大道具だと明かされたようなものだった。

彼女の船も帆もケープも馬もアーサー王の魔法の靴もすべてを一度に失った。矮小化されたやぶと小さくなった雲としみったれた雨に囲まれたバルコニーで彼女は立ち往生していた。

薄暗い冬の夜、彼女の目はぼやけていた。そして初めてすべてのエネルギーと温かさが内に引き込まれ、感覚や耳、触感、味覚、体のすべての動き、外界と触れ合うすべての外に向ける方法を殺してしまったかのように、彼女は突然耳も聞こえず目も見えないで少し麻痺したように感じた。まるで命がぐるぐると締め付け、どんどん小さくゆっくりと中に入って行くリズムで血管を細くして圧迫しているようだった。

彼女は震えた。初めて自らを引きはがす小さな枯れた葉の気持ちになり同じように身を震わせた。

チェス・プレーヤーは、一つの四角に二人の人間を置いた。

彼らが踊ると磁石が彼女と彼の髪を触れ合う様に引っ張った。彼らが頭を遠ざけたらその磁石は彼らの口をくっつけた。彼らが口を離したら磁石が彼らの手を握らせた。手をほどいたら腰と腰がぴったりひっついた。逃れる事はできなかった。彼らが完全に離れて立った時、彼女の声は彼の回りにらせん運動をした。そして彼の目は彼女の胸を隠している格子の網目にとらわれた。

彼らは踊りながら四角のマスから出てバルコニーに歩いて行った。

唇と唇が出会い、歓喜の鐘が一回、二回、三回と鳴り響いた。大きな鳥のはばたきのように。体に喜びの虹が横切った。

唇を通して彼らはお互いを注ぎ込み、小さな灰色の路地はもうモンパルナスの袋小路ではなくなった。バルコニーは今や地中海、エーゲ海、イタリアの湖に臨んでいて、唇を通して二人は浮遊し世界を飛び回った。

一方アトリエの壁には相変わらずぼやけた色の大きな砂漠の絵がかかっていた。喉をカラカラにする砂漠の絵だ。砂の中にはたくさんの愛の無い漂白された骨が埋まっていた。

「二人の出会いは純粋だ。この二人には何か真実の希望がある。」チェス・プレーヤーは、言った。ステラが通った時彼女の長くなびく髪をつかんで、彼女と恋人候補を突き合わせた。

ステラの後ろに頭に白い後光を抱いている女性の絵がかかっていた。不安が彼女の体にひし形の穴を掘りこんでいて、彼女の軽さは穏やかさがどんどん出て行ってしまうパンクした誠実さからのものだった。

ステラが今与えられるものは、少しばかりの自分自身のかけらだけだった。そのかけらは、黒い丸のウィット、黄色い四角の礼儀正しさ、青の三角のきさくさ、あるいはにせもののオレンジの愛（欲望）などの形で描かれていた。彼女の外側の鎧から出てきたかけらにすぎなかった。今彼女が与えるものは自分自身ではあるが、男性が道に面して一つの窓しかない抽象の家の入り口だけに入れるような部分で、その道も太陽にさらされて白くなった骨が散らばっている砂漠だった。

疑惑の砂漠だ。

家々は家庭ではなかった。モビールのようにつるされていて変化していく風に変わり、そこでは彼らは作り出した自己の一番上の層の上でスケートをするように愛し合っている。恐怖の窓の無い家の中で屋根裏の記憶のほこりに目が見えなくなって。

お客たちはバレリーナが手足の力を試すバーのように壊れそうになっている洋服かけにコートをかけていた。

パーティは破壊力の核をつかんでしめあげるたくさんの足をもはやしまっておけない、落ち着かないタコのように広がっていった。

それぞれのアトリエには自分の神話の中の盛装に身を包んでいる人間がいて、傷つきやすさをさらけ出すのを恐れ、魅力をひけらかすのではなく防御態勢を見せていて、夜のどこかでその服を脱ぐことを考えていた。彼らの体は心の開口部が無いか、体に向かって扉が閉じられた心があるだけだった。そして避難所としての部屋、侵入を許さない個室を持っているのだった。

もし毎日の生活でちょっとストレスがたまり締め付けられていると感じたら、キリコの絵で散歩をすると良い。家はアーチ型のファサードだけしかないから確実に逃げられる。たくさんの柱や渦巻き装飾や飾りカーテンは未来へと伸びていて、宇宙へ歩いて行ける。

画家たちは世界を新しい種類の果物や木でいっぱいにする。甘いと思われているものの苦みや苦いと思われているものの甘さで人をびっくりさせる。彼らは世界のありのままの姿をすべて否定し、夢の設定や景色に人を連れ戻す。パーティをすり抜けて過去や未来に行ってしまうのだ。

このとりとめの無さのせいでチェス・プレーヤーは、図形を意識する義務を忘れてしまい、自殺を防ぐことができなくなった。一つのマスに一人で立っていたのはリリアンだった。リリアンは持っている全部の銀のメキシカン・ジュエリーを身に着けたアフリカのダンサーのような様子で参加しただけでなく、エメラルド・グリーンのドレスは糊のきいた生地だったが、彼女の気分のように毛が逆立っていた。

彼女は一人一人手の身振りで、怒りを爆発したり踊りたくなる衝動をあおった。彼らの無頓着や無関心をからかった。皆は激しい雷雨に見舞われたように自分たちの無気力に気づかされるのだった。立って移動し、火がついて、彼女の動きをとらえた。彼女の手は声のメレンゲを泡立て興奮のスフレを作っていた。彼らが彼女に続きある種の部族の踊りに入って行こうとした時、彼女は彼らを置いて出て行った。急にぐったりとした気分に襲われたのか、他の充電器を探さなくてはいけないという思いで歩き去ったのか。

彼女は日常的な破壊行動をするのにパーティの終わりまで待っているということさえできなかった。それで自分自身の逆立った毛に守られて自分のマスの中に一人立って始めた。「誰も私に目を向けてくれない。このグリーンのドレスを着るべきじゃなかった。派手すぎでしょ。たった今もブランクーシに変なこと言っちゃった。ここにいる人みんな何かを成し遂げた人達だけど、私は何も無い。みんなのせいでパニックになるんです。彼らはみんなすごく強くて自分に自信がある。昨夜見た夢と全く同じ感じでいます。コンサートでピアノを弾くオファーが来て、会場はたくさんの人がいるんです。ピアノを弾こうとしたら、音楽を奏でない。湖になっている。それで水の上で演奏しようとするんだけど、音が出てこない。敗北感と屈辱でいっぱいになりました。私は髪の毛がまとまらないのがすごく嫌なんです。ステラの髪を見てください。さらさらで顔にかかっているでしょう。なんで彼女をからかってしまったのかな？　すごくびくびくしていて怖がっていて傷つけないでってお願いしてるみたいに見えたから。なんで私って考える前に急いでしゃべってしまうんでしょう？　ドレスが短すぎますね。」

彼女は見えない割腹自殺でドレスを破りジュエリーを引きちぎり、今夜彼女の発した言葉、微笑、すべての行動を切り裂いた。自分のおしゃべりや沈黙や与えてきたもの与えられなかったもの、打ち明けた事打ち明けられなかった事を恥ずかしく思った。

そして今やすべてが終わった。完全な家屋倒壊の仕事。すべての言葉、笑い、行動、銀のジュエリーがエメラルド・グリーンのドレスと一緒に床に落ちていた。ジューナが持っている、いつも慰めになってくれるリリアンのイメージさえも地面にこなごなになっていた。救い出すことはできなかった。欠陥品の山にすぎなかった。自己批判のたき火で残った灰の小さな山だった。

　チェス・プレーヤーは、中の枠組みが崩れたようにぺしゃんこになってソファに座っている女性を見た。酔っているのだなと笑って内面の自殺に気づかなかった。

　瓶を作っているローレンス・ヴェイルという白髪の男性がやってきて言った。「私はいまだに時々、いやかなり頻繁に、いや絶え間なく瓶を空にしています。これは人に罪悪感を与えるようです。瓶の内側のために外側を無視してきたと嘆いたり考えたりできないものなんでしょうか？　なぜ空の瓶を投げ捨てるのでしょうか？　瓶の中の酒は必ずしも瓶の魂ではないのです。瓶の酒の魂は、強力で潜在能力がある物質なのです。捨てたり、脾臓や泌尿器や二日酔いで排除されたりすべきではないんです。瓶の体にある魂をなぜ外に出そうとしないのか……」

　チェス・プレーヤーは、それが起こりそうだとわかっていた。

　ジューナがマス目の一つから滑り出て行くのを見て彼は言った。「こっちに来るんだ！　ジェイの暖かいワインまみれの貧乏白人の友達連中と手をつなぐんだ。夜も更けていないのに出て行ってしまうには早すぎる。」

　ジューナは絶望のまなざしを彼に送った。落ちて行く人の目のように。

彼女はそれが今起ころうとしているとわかった。

激しい吹雪の中に入ったような恐ろしい雰囲気がやってきて彼女に警告を与えていた。光は暗くなり、音をくぐもり、顔は消し去られていた。

彼女はパーティの中にいて、まるで色のついたボールの中にいるように感じた。赤いリボンで揺り動かされ、藍色の音楽で揺られた。彼女の回りは見本市で見るものばかりだった。赤い車輪、早い馬車、踊っている動物、人形劇、空中ブランコ、言葉も顔もゆれている、赤い太陽が燃えている、鳥は歌い、笑いのリボンが浮かんで彼女をつかまえにくる、からかうような手が髪の毛にからむ、踊りの動きは愛の動作だ。手を取り、体を曲げ、譲り、一つになり又分かれる。すべての人間が喜びの細胞を開いていく衝突の歓喜だ。

そして電信が切られ、電気が暗くなり、音がくぐもり色があせていった。

この瞬間、地球から体内の無線を通じて受け取った最後のメッセージのように彼女はあるシーンを思い出した。彼女は十六歳だった。暗い部屋に立って髪をといていた。夏の夜で寝間着を着ていた。通りの向こうでやっているパーティを見ようと窓から身を乗り出した。

男も女も彼女が見た事も無い、明るく輝くはなやいだ色の服を着ていた。あるいは、彼女の夢の中の強烈な光で彼らをそのような服装にしていたのか。彼女は彼らの陽気さとお互いの関係を比類のない豪華なものと見ていたから。その夜彼女はその自分のものにできないパーティを心から憧れてそういうものに決して出られないのではと恐れた。もし参加できないなら、あのような素晴らしい色の服も着られないし、あんなに輝いたり自由になれないのだ。彼女は参加しても自分は見えないのだろうと思った。臆病な心のために見えないだろうと。

今彼女はこのパーティに来てそこではちゃんと見えていて求められているのだが、新しい危険が彼女を脅かしていた。やってきて彼女を誘拐犯のように暗闇に連れ去るある気分だった。

この気分はいつも夢からの言葉によって引き起こされた。「ここはその場所ではない。」(何の場所？　他のどれでもなく行きたかった最初のパーティ？　彼女の孤独の暗闇から描き出したパーティ？)

二番目の言葉が続く。「彼ではない。」

決定的な言葉だ。現在を消滅させる黒魔術の秘薬のような。すぐに彼女は外に出て誰でもない自分自身で鍵をかけ締め出す。仲間から切り離してしまうあの気分によって。

どこかもっと素晴らしい他の所に行きたいと願うだけで、身近に触れられるものが、彼女を待っているもっと素敵な場所や素晴らしい人物に遠くなってしまう障害物のように思えるのだった。このしつこく囁く邪魔をしてくる夢、この探検していない国を絶え間なく指し示す地図、蜃気楼を指すコンパスによって現在が殺されてしまった。

しかし、目や耳や触感を奪われて空間を漂ったり、暖かい触れ合いが断ち切られるとすぐに彼女にはまた別の目、耳、触感と交流が与えられるのだ。

彼女は、もうチェス・プレーヤーの事を他の皆が見ているように繊細な幾何学的な内面の装置によって動いていて木でできているのだとは思わなくなった。彼が結晶化する前の姿を見ていた。彼を木へと、幾何学模様のチェス・プレーヤーへと化学変化させた出来事を見ていた。悲恋が最初の切断を行い、血が樹液へと変わり木になり幾何学的な慎重さでうごくようになる。そこで彼女は凝固する前の彼の温かさに呼びかける言葉を置いてみた。

しかし、チェス・プレーヤーは、いらいらした。彼女が彼の知らない男に話しかけていたから。

内面の都市のガラスのとりでから彼女はすべてのこぶや奇形、変装を見ることができた。しかし、彼らの隠された自己の中を動き回ると彼女は大きな怒りを招いた。

「私達の一番の防御を取り外せと要求するんだね。」

「私は何も要求してない。パーティに出たかっただけ。でもパーティは角質を溶かすだけの意識というおかしな酸で溶けてしまった。最初がわかっているのよ。」

「自分のマス目に立ちなさい。」チェス・プレーヤーは、言った。「あなたを踊らせてくれる誰かをつれてくるから。」

「私を救ってくれる人を連れてきてよ。私は夢をみているかそれとも死んでいるの？　夢と死の間に一つの壊れやすい段があるだけって知っている人を連れてきて。夢によって殺される現在と死の間に浅い息があるだけって感じている人を連れてきて。出口が無くて爆発が無くて覚醒も無い夢は死の世界への通路だって知っている人を連れてきてよ！　私は自分のドレスが破れて汚れてしまえばいいと思ってる。」

一人の酔った男が椅子を持って彼女のところにやってきた。家の全部の椅子から、彼は赤の布張りの金色のものを選んできた。

なぜ彼は私に普通の椅子を持って来なかったのだろう？

この上等なサービスに彼女を選んだのは彼女を非難することになった。今やそれが起こるのは避けられないことだった。

　夜もパーティも始まったばかりだったが、彼女は思春期の暗い部屋に連れ戻してしまう誘拐犯によって赤の布張りの金の椅子に座ったまま素早く連れ去られようとしていた。長い白の寝間着で髪をといて決して出られないパーティを夢見ていた時に。

遅れてきた先駆的作家——アナイス・ニン

三宅あつ子

本書、『炎へのはしご』は、Anaïs Nin, *Ladders to Fire* (Peter Owen, 1963) の全訳である。

『炎へのはしご』は、アナイス・ニンが第二次大戦のパリを逃れて夫と共にニューヨークに移った後、一九四〇年代半ばに書かれた。一九九五年に出版された版の序文にある通り、最初、第一部の「この飢餓感」が一九四五年ニン自身のジーモアプレスで印刷された。その後、一九四六年、E・P・ダットン社から『炎へのはしご』として出版されたものには、「ステラ」という章があった。その後出版した四つの小説と共に、一九五九年『内面の都市』という五部作の最初の作品になった時、「ステラ」が取り去られ、現在の構成になった。その後の小説、『信天翁の子供たち』(水声社)、『四分室の心臓』、『愛の家のスパイ』(河出書房新社/本の友社)、『ミノタウロスの誘惑』(水声社) と共に、ゆるくつながった連作 (ニンは序文で言っている通り、大河小説を目指していた) をなしている。

『内面の都市』にはリリアン、ジューナ、サビーナという三人の女性主人公が登場する。(序文で、四人の女性と言っているように、当初ステラも構想に入っていた。) リリアンは、『炎へのはしご』と『ミノタウロスの誘惑』の主人公である。この三人は入れ替わり登場するが、物語が連続しているわけではない。主人公も脇役たちもモデルが実在するようだが、それぞれにニン本人も投影されている。

この『炎へのはしご』というタイトルは、作中の、「空まで向かっていたはしごのようにそれは真っすぐに立っていた。ただサビーナのはしごは炎へと向かっていたのだ」(一六一頁) という箇所から取られている。これまでこの小説に言及される際に、『火への梯子』と直訳されてきているが、今回の日本語訳にあたっては、読者にイメージしてもらいやすいように、

『炎へのはしご』とした。

遅れてきたモダニズム作家――アナイス・ニン

アナイス・ニンは、十一歳から死ぬまで膨大な量の日記を書き、生前の修正、削除の入った『アナイス・ニンの日記』七巻と死後次々と出版された無削除版の赤裸々な日記の両方で有名である。

彼女の小説は、短編集『ガラスの鐘の下で』の一部の作品を除いて、いわゆるシュルレアリスティックな、物語の筋がはっきり描かれない特徴を持っている。一九二〇年代からパリに住み様々な芸術家の影響を受けた彼女は、マルセル・プルースト、ヘンリー・ミラーなどのモダニズム文学を愛し、自分のスタイルを確立した。そして、その後、ニューヨークで小説を書いた、四〇年代、五〇年代にもそのモダニズムを貫いた。ゆえにニンはアメリカでは受容されにくいと日記で再三嘆き、自分で印刷機を購入して作品を印刷するという行動を起こしたのだ。その後ダットン社、ハーコート社など、大手の出版社に受け入れられるようになるわけだが、それ以前の作品には自らのジーモアプレスという出版元の名前を印刷している。

『炎へのはしご』に関しても、恋人とパリの町を歩いている描写から、アトリエやカフェのシーンになったり、情景が飛び飛びに現れる。最後のシーンは、ニン本人が、「出席者のいないパーティ」（出席していても心理的にはそこに存在しない状態）と呼ぶ、不思議な芸術家の集まるパーティだ。自責の念をかかえる主人公リリアンも、子供時代のトラウマにとらわれているジューナも、自己探求の旅半ばの、悩み多き様子で終わっている。解放や希望が見えるのは五部作の最後の作品、『ミノタウロスの誘惑』に至ってからだ。

しかしながら、この小説の最後は、開かれた結末である。ロラン・バルトが『S／Z』のテクスト理論で提唱した「書き得るテクスト」と同様、結末の読みや解釈は読者それぞれにゆだねられている。伝統的な小説の形態を打ち破ろうとした多くのモダニスト達はこのようなテキストを創造した。アナイス・ニンは、モダニズム華やかなりし頃のパリを知る、遅れてきたモダニズム作家だったのだ。

先駆的フェミニズム作家――アナイス・ニン

アナイス・ニン本人は七〇年代のインタビュー（*Conversations with Anaïs Nin*, UP of Mississippi,

1994に収録）で、自分はフェミニストではないと断言しているが、『アナイス・ニンの日記　第一巻』が一九六六年に発表されるやいなや、フェミニズムのイコンとなり、全米の大学に次々と招聘され講演した事は事実である。

この『炎へのはしご』では、主人公リリアンは、自分の身の置き所の無い、夫と子供二人の家庭から逃げ出し、遍歴をする。舞台は明らかではないが、ニューヨークとパリであろう。自己実現を見出せず、自分探しをする女性は、六〇年代以降、フェミニズムの文脈ではお馴染みになったが、リリアンのようなピアニストとしての生き方を模索しつつも、画家のジェイ（モデルは、ヘンリー・ミラー）とアトリエに一緒に住んで、愛し、精神的に支える、といった女性は先駆的なフェミニスト・ヒロインだった。リリアンは、ニンがニューヨークで三〇年代精神分析家オットー・ランクの弟子としてカウンセリングを手伝っていた頃に出会った、ハープ奏者のサリーマ・ソコルがモデルである。

一九九五年出版の無削除版日記、『火――アナイス・ニンの愛の日記（無削除版）』（*Fire: From A Journal of Love: The Unexpurgated Diary of Anaïs Nin, 1934-1937*）には、一九三六年二月十五日に、弟ホアキンと短い恋愛関係にあったが、その後サリーマに会ったとある。

サリーマが私を夕食に連れて行く——ホアキンが愛した女性だ。私は彼女に惹かれている。

そして、三月二日の日記には、次のように書いている。

サリーマは、私と同じサイズの女性。彼女を愛している。彼女は私を愛している。私と同じように彼女の強さ、積極的な自己は私達が愛する男性の消極性によって破壊されている。でも私達は泡立ってワクワクしている。細胞全部が生き生きして、反応、リズム、タイミング、電撃的。彼女のハスキーな声、強い体、オープンな態度。〔……〕私は言った。「あなたは私に素晴らしい何かをくれる。それが何かはわからないけど。友達がいるっていう感覚かしら。」

サリーマは、恋愛感情が無くなっても支え合う良き友人として、二十年以上日記には登場する。

リリアンは、アナイス・ニンに最も近いと言われる登場人物のジューナに深く心を寄せ、共感を持ち愛するようになる。サビーナは、ヘンリー・ミラーの妻ジューンがモデルであるが、リリアンは破滅的なサビーナにも惹かれる。ニンの人生には忘れられない女性が何人もいたが、ジューン・ミラーとサリーマ・ソコルは特別な女性だったようだ。

ニン本人は、このような深い共感からの女性への愛をレズビアニズムと見ていなかったようで、七〇年代のインタビューでも、自分はレズビアンではないと言っている。この二人に関しても、日記に官能的な表現はあっても、性的関係があったかどうか、はっきりとは書かれていない。しかしながら、女性同士が情熱的な言葉を交わすシーンを盛り込んだ小説が四〇年代、五〇年代の冷戦時代のアメリカで受容されるのは難しいとわかっていながら、それを世に出したというのは勇気があるとしか言えない。又、リリアンは、自分の強さが男性を弱くすると感じて嘆いたり、男性を物心両面で支えているのに、相手は自分を理解しようとしないと言ったり、男性、女性の性役割を疑問に思ったりする。そこには、アナイス・ニン本人の不満が吐露されており、現代の女性、そしてどんなジェンダーの人にも感情移入できる独白もたくさんある。アナイス・ニンのジェンダー感覚は間違いなく二十一世紀的で、その意味で彼女は先駆的作家であった。難解な小説と断定してしまわずに、現代の読者だからこそ共感できる登場人物たちのやり取りを味わっていただけたら幸いである。

*

最後になりましたが、アナイス・ニン研究会を創設する事にご尽力下さった、元アナイス・ニン・トラスト理事、岐阜聖徳学園大学名誉教授、杉崎和子先生、励まして頂いた事にお礼を申し上げたいと思います。又、大変お世話になりました、水声社編集部の飛田陽子さん、ありがとうございました。

著者／訳者について――

アナイス・ニン（Anaïs Nin）　一九〇三年、パリ郊外ヌイイ・シュル・セーヌに生まれる。九歳で両親が離別、十一歳の時に母と二人の弟と共にアメリカに渡り、父への手紙として書き始めた日記は、一九七七年に亡くなるまで書き続けた。二十代の時に夫とパリに戻り、ヘンリー・ミラー、アントナン・アルトーをはじめ多くの芸術家に影響を受け、一九三二年に最初の評論、『私のD・H・ロレンス論』を上梓。三六年に最初の小説、『近親相姦の家』を発表。一九六三年から次々と出版した日記で脚光を浴びる。主な邦訳には『アナイス・ニンの日記』（水声社、二〇一七年）、『ヘンリー&ジューン』（角川書店、一九九〇年）などがある。

＊

三宅あつ子（みやけあつこ）　兵庫県に生まれる。神戸女学院大学大学院文学研究科修士課程修了。現在、京都大学非常勤講師。専攻、アメリカ文学。主な共著に *Anaïs Nin: Literary Perspectives*, Macmillan, 1977,『ヘンリー・ミラーを読む』（水声社、二〇〇七年）、『〈作家ガイド〉アナイス・ニン』（彩流社、二〇一八年）などがある。

装幀——齋藤久美子

炎へのはしご

二〇一九年四月一〇日第一版第一刷印刷　二〇一九年四月二〇日第一版第一刷発行

著者――アナイス・ニン
訳者――三宅あつ子
発行者――鈴木宏
発行所――株式会社水声社
東京都文京区小石川二―七―五　郵便番号一一二―〇〇〇二
電話〇三―三八一八―六〇四〇　FAX〇三―三八一八―二四三七
［編集部］横浜市港北区新吉田東一―七七―一七　郵便番号二二三―〇〇五八
電話〇四五―七一七―五三五六　FAX〇四五―七一七―五三五七
郵便振替〇〇一八〇―四―六五四一〇〇
URL : http://www.suiseisha.net

印刷・製本――ディグ

ISBN978-4-8010-0411-5

アナイス・ニンの本

アナイス・ニンの日記　矢口裕子訳　五〇〇〇円
リノット——少女時代の日記 1914-1920　杉崎和子訳　二五〇〇円
信天翁の子供たち　山本豊子訳　三〇〇〇円
ミノタウロスの誘惑　大野朝子訳　二五〇〇円
人工の冬　矢口裕子訳　二八〇〇円

＊

アナイス・ニンのパリ・ニューヨーク　矢口裕子著　二二〇〇円

［価格税別］